天　神

小森陽一

集英社文庫

天神

目次

主な登場人物

坂上　陸　　（21）　3等空曹　フライトコースC（チャーリー）
高岡　速　　（23）　3等空尉　フライトコースB（ブラボー）

フライトコースC（チャーリー）

長谷部　一朗　（23）　3等空尉
笹木　隆之　（23）　3等空尉
大安　菜緒　（21）　3等空曹
村田　光次郎　（21）　3等空曹

フライトコースB（ブラボー）

大澤　収二郎　（23）　3等空尉
岡田　裕　（22）　3等空尉
真崎　典宏　（23）　3等空尉
吉村　太郎　（25）　3等空尉

＊
高橋　賢司（37）　3等空佐　防府北基地　訓練主任教官
大松　雅則（44）　3等空佐　芦屋・浜松基地　訓練主任教官
川波　正志（45）　2等空佐　浜松基地　飛行隊長

坂上　春香（48）　陸の母　専業主婦
坂上　一八郎（90）　陸の祖父　元陸軍航空隊操縦士
坂上　雪香（27）　陸の姉　ANA客室乗務員
坂上　護（53）　陸の父　2等空佐

高岡　芙美（51）　速の母　高岡小児医院　医師
出石　聡里（25）　幼稚園教員

杉崎　日向（21）　航空自衛隊第12飛行教育団　機体トラブルにより死亡
杉崎　赳夫（64）　日向の父
杉崎　沙智子（62）　日向の母
＊

天神

ファイター・パイロットにとって最も重要なこと。
それは『最大多数の幸福』である。
いつ、どこで、何が起こるか分からないことを常に想定し、動く。
そして必ず、生きて地上に帰って来なければならない。

プロローグ

高岡速《たかおかはやり》はすぐにこの場所が気に入った。

静かで仄暗《ほのぐら》くて湿気が少ない部屋。あきらかに他の部屋よりも空気が冷たい。紙とインクが入り混じった独特の匂い、合板だが落ち着いた木目調の机の上でボールペンを走らせると、カリカリという音が硬質の壁によって弾かれる。速は目の前に積み上げた資料の一つを広げ、自然と高まる集中力を心地良く感じながら、必要な記述をノートに書き写していった。

目黒の防衛省敷地内にある防衛研究所。その一角にある資料閲覧室には、古今東西の戦史から最先端の安全保障問題の研究まで、幅広く、そして超一級の資料が揃《そろ》えられている。防衛大学校に入学して四年近くが経過した。しかし、速がここに足を踏み入れたのは今日が始めてだった。

先日、卒論のテーマを担当教授に伝えたところ、ここに行くようにと勧められた。防衛大学校の図書館でも十分にこと足りると思ってはいたが、せっかく紹介状も書いてもらったことだし、何より防衛研究所という厳しい名前を冠した場所がどういうところか、一度覗《のぞ》いてやろうと思ってやって来たのだ。

入ってすぐに圧倒された。資料の豊富さは大学校の図書館の比ではない。目の前に整然と並んだスチール製の本棚、その全てが見上げるほどに、天井ギリギリまで資料で埋め尽くされている。正直、これほどまでとは思わなかった。誰もいない閲覧室の中を夢中になって歩き回り、必要と思われる本や資料を棚から抜き出した。それらはすぐに両手では抱えられないほどになり、鞄《かばん》を置いた机と書棚を都合四度も往復するはめとなった。これだけの資料は大学校の図書館に半分も無いだろう。速は担当教授に心の中で感謝しつつ、静かに椅子を引いて腰を降ろした。

大きな窓の側に並ぶようにして置かれた六つの机、速は丁度真ん中の位置に陣取った。窓にはブラインドが下ろされ直射日光が遮られている。時折風を通す以外は閉められているのだろう。薄暗い。備え付けのスタンドに触れて明かりを灯《とも》す。ほんのりと黄色がかった柔らかな光が机の周囲だけを照らし出した。速は一番上に乗せた本を手に取ると、明かりの下で広げた。パリパリと紙の剝がれる音がする。かなり長い間誰も広げてはいなかったようだ。もしかすると一度も開かれなかったのかもしれない。そんな本を開いたのが自分であることに微かな喜びを感じつつ、ページをめくった。

一時間ほど貪るようにして本や資料を読み進めた。速は読み終わった本を閉じると、今度は資料が挟まれたクリアファイルに手を伸ばした。その時、紙の束の合間からポトリと何かが机の上に落ちた。茶封筒だ。見ると茶封筒の左上に判がある。赤い朱肉で「注意」と書かれた文字。自衛隊に所属する者ならこれがどういうものかは分かる。取り扱いに注意せよという意味だ。速は茶封筒を摑《つか》んだ。表には「注意」以外何も書かれてはおらず、裏書きもない。同じような判に「極秘」という物があるが、これは全く意味合いが違う。「極秘」はごく限られた一部の者しか見ることが出来ず、それ以外の者が見た場合には罪になる。だが、「注意」は「極秘」ではないから見ても罪には問われない。

そっと辺りを見回す。相変わらず自分以外、ここに人のいる気配はない。さっと読んで再び紙の束の中に戻しておけば、何も問題は起こらないだろう。速は封筒を開けた。中身はA4用紙が四枚、三つ折りにされて入っている。まず一枚目を開いて見た。それはパイロットと管制官との間で交わされた交信記録だった。

飛行訓練実施記録
第31教育飛行隊
月日　　　2000年6月23日

ピリオド
課目　　　第5回ソロ・フライト
課目番号
機番
飛行時間　1・5
氏名　　　杉崎C
認識番号
教官　　　坂上（チェック35）

「浜松《はままつ》タワー、チェック35」
「チェック35、浜松タワー、ゴーアヘッド」
「エマージェンシー、杉崎学生の機体にトラブル発生、ポジション15マイルサウス、以降の交信は日本語で行う」
「チェック35、浜松タワーラジャー」
「ブレイク、オールステーション、ディスイズ浜松タワー、デクレアエマージェンシー、タイムアット50、キープレディオサイレンス」
「チェック35、浜松タワー、状況を伝達せよ」

「キャノピーが白く霞《かす》んで中が見えない。コクピットスモークのようだ。呼び掛けているが応答はない」

「浜松タワー、了解。こちらからも呼び掛けてみる。杉崎学生、浜松タワー、応答せよ」

「——」

「杉崎学生、浜松タワー、応答せよ」

「——」

「浜松タワー、チェック35」

「ゴーアヘッド」

「杉崎機の高度が落ちて来た。現在2800フィート、速度250ノット」

「こちら浜松タワー。直ちに救難体制を取る」

*　　*　　*

「チェック35、浜松タワー、現在地を知らせよ」

「ポジション、浜松サウス10マイル。まずい、杉崎機の機首が下がった」

「現在高度は」

「1900フィート。このままでは墜落する可能性がある」

「チェック35、浜松タワー、了解した」

「杉崎、応答しろ。目を覚ませ」

「チェック35、浜松タワー、状況を伝達せよ」

「高度に余裕がない。杉崎、杉崎、くそっ」

「チェック35、こちら浜松タワー、状況を伝達せよ」

「…………」

「チェック35、こちら浜松タワー、状況を伝達せよ」

「交信終了」

「こちら浜松タワー、チェック35、チェック35。応答せよ。応答せよ。こちら浜松タワー、チェック35、応答せよ」

＊　　＊　　＊

「浜松タワー、チェック35」

「ゴーアヘッド」

「杉崎機が墜落した」


交信記録はここで終わっていた。

速は力を抜くようにふうっと小さく溜息《ためいき》をついた。この事故のことはよく覚えている。

十一年前、航空自衛隊浜松基地でパイロットになるための訓練を受けていた学生が、

T－4中等練習機ごと市街地に墜落し、民間人三人を巻き添えにして亡くなったのだ。テレビや新聞はしばらくこのニュースをトップで伝え、有識者と呼ばれる様々な人々が事故の原因や究明を語り、自衛隊は全国にあるT－4の使用を禁止した。しかし、結局明確な原因は分からないまま、八ヵ月後にT－4は飛行を再開した。速は当時小学五年生で、将来の進むべき方向として秘かに自衛隊を意識しだした頃だった。

速はもう一度最初から交信記録を読んだ。チェック35、これは教官機だ。「杉崎」という学生を指導している担当教官。名前は「坂上」と記されている。教官機が航空管制官に伝えているコクピットスモーク。これはコクピットの中がなんらかの理由で真っ白になり、視界が取れなくなったという状況だ。呼び掛けても応答が無いのは無線機の故障が考えられるが、この場合は違う。意識があれば機首は下がらないはずだ。機体にトラブルが発生した時、パイロットが何らかの要因で気絶したのだと思われる。この交信記録からは浜松基地への進入コースは分からないが、どんどん機体が降下して市街地に近付き、相当に慌てている様子が手に取るように伝わってくる。やはり、十一年前の事故は不慮の事態が重なって起きた事故だったのだ。

ただ、気になることが一つだけあった。この交信記録がどうして取り扱い「注意」になっているのか。腕組みをして考えていると、いきなりうしろから「おい」と声がした。慌てて四枚の紙の束と「注意」と書かれた封筒を鞄の下に押し込める。

「君は誰だ」

振り返ると閲覧棚の向こうから男がこっちを見ている。しかし、暗がりでお互いに顔が良く分からない。速は心の焦りを悟られないように素早く立ち上がると、

「防衛大学校322小隊四学年、高岡速です」

直立したまま自己紹介をした。

「この区域は学生が容易《たやす》く来られる場所じゃないぞ」

白髪の髪を短く刈り込んだ男はゆっくりとこちらに近付いて来ながら、ちらりと資料棚に目を凝らした。何か無くなっているもの、動かしたあとが無いかをチェックしているのだ。

「申し訳ありません。卒論のテーマを教授に相談したところ、ここへ行けと言われました」

胸ポケットから便箋を取り出して渡す。白髪の男は紹介状を見ると、「吉田のところからか」と言い、自分がここの室長であると名乗った。

「それで、君の卒論のテーマは何だ」

「『五十年先を見据えた航空自衛隊の運用論』です」

机の上に積み上げられた本やファイルを室長が手に取って眺める。僅かに心臓の鼓動が早くなった。鞄の下を見られたらどうなるだろう。偶然とはいえ、卒論のテーマとは

関係のないものを読んでいた。しかもそれは、罰に問われないとはいえ、「注意」と書かれた十一年前の事故の交信記録だ。一度でも視線を鞄に向けたら動揺が伝わりそうな気がして、速は直立不動のまま、耐えた。

「なるほど」

室長が本を返して速を見つめる。

「君の名前は聞いたことがある。防大首席入学、専攻の人文・社会科学では常にトップの成績。校友会活動でも剣道で全国大会優勝、世界六十ヶ国から集まった国際士官候補生会議では議長を務めたそうだな。ある者は自衛隊において、十年に一度出るか出ないかの逸材だとも言っていた」

「光栄です」

「卒業したら」

「パイロットの道に進みたいと考えています」

室長が驚いた顔で速を見る。そして、「惜しいな」と呟《つぶや》いた。

「何が、でしょうか……」

「パイロットなら他にいくらでも成り手はいる。しかし、我が社の五十年先まで見据える者はなかなかいない」

室長はそこで一度言葉を切ると、「考えを改める気はないか」と探るような目で尋ねた。

わざわざ将棋の駒にならなくても――。

速がパイロットを目指すと伝えた時、防大のある教授から言われた言葉だ。しかし、自分はパイロットが駒だとは思わない。むしろ、大空からこの国を守る守護天使のようなものだと考えている。

「残念ながらありません」

真っ直ぐに目を見て答える。

「卒論、しっかりな」

室長は速に背を向けた。それはここに来ることを許すという言葉だと速は解釈した。

「ありがとうございます」

立ち去る室長に一礼し、姿が見えなくなるまで見送った。

暫《しばら》くして、音が立たないようにゆっくりと椅子に座る。そっと辺りを窺《うかが》い、誰も近くにいないことを確認すると、鞄の下に隠したA４四枚の紙を封筒の中に入れた。それをクリアファイルの間に差し戻すと、再び何ごともなかったかのように集めた資料を読み始めた。

第一章　雲の湊《みなと》

1

山口県防府市田島無番地《ほうふしたじま》、航空自衛隊防府北《ほうふきた》基地。

坂上陸《さかがみりく》は飛行指揮所や整備格納庫の立ち並ぶ駐機場に、濃紺色の制服、正帽といった出で立ちで気を付けをしていた。

いつもならここには沢山のT－7初等練習機が並んでいる。しかし、今日は違う。整備格納庫の壁には赤と白の垂れ幕が掛けられ、数席の折り畳み椅子とスピーチをする壇が設けられている。

もう、こうしてどれくらい経つのだろう。五分とは言わない。十分でもきかない。もしかすると十五分……、いやそれ以上経っているのかもしれない。頭がぼーっとして時間の感覚がよく分からない。先週、ゴールデンウィークが終わった。まだ五月の前半だというのに、今日の気温は既に27度を越え、湿度は80％に届きそうな勢いである。

ガリガリくんが食べたい……。

さっきから何度も同じフレーズが頭の中を駆け巡っている。止めようとするとこれがなかなか止まらない。陸は顔を動かさず、目だけを横にして隣を見た。そこには四人の男女が自分と同じように正装をして、気を付けをしたまま前を向いている。手先をぎゅっと握りしめ、背筋は伸ばせるだけピンと伸ばし、顔は微動だにせず一点を見つめ、こめかみに伝わる汗を拭うこともしない。傍から見るとまるでマネキンだ。

ふいに前方の整備格納庫から男が姿を現した。太くて形のいい眉と、男には有り得ないくらいの円らな瞳。高橋賢司《たかはしけんじ》3佐だ。

「団司令臨場、部隊気を付け」

高橋の大きな声が駐機場に響き渡る。

陸を含む男女は一斉に気を付けをした。しかし、気を付けの姿勢は既に出来ている。完璧というほどに。にもかかわらず気を付けをした。滑稽なほど身体が反り返り、まるで刀身かバナナのような形になる。その前を、山崎《やまざき》団司令を先頭に、下泉《しもいずみ》副司令、狭山《さやま》監理部長、細野《ほその》人事部長、山代《やましろ》飛行隊長らが続く。

「団司令、登壇」

日に焼けた顔、白髪で短髪、背はそんなに大柄ではないが、引き締まった身体付きの山崎団司令が壇上に上がった。たとえ曇り空の下でも煌《きら》びやかな無数の階級章は輝く。だが、陸の視線を釘付《くぎづ》けにしたのはそれではない。左胸に付けられた鷲《わし》の羽ばたきを模したバッジ。それは航空自衛隊パイロットの証であるウイングマークだ。

「これより第51期飛行準備課程入校式を開始します。履修命下」

山崎団司令が一人ひとりの顔を臨みながら、

「第51期飛行準備課程の履修を命ずる」

低音のよく通る声で語り掛けた。

その瞬間、今までの暑さが嘘《うそ》みたいに背筋がゾクリとした。夏風邪じゃない。冷や汗でもない。悪寒でもない。

――飛行準備課程の履修を命ずる。

これだ。ずっとこの一言を待ち侘《わ》びていた。

子供の頃から戦闘機に乗ると決めていた。そのためには航空学生になることが最も近道だと、元陸軍航空隊の操縦士だった祖父の一八郎《いっぱちろう》が教えてくれたからだ。高校卒業と同時に航空自衛隊防府北基地にて航空学生になった。

学生といっても世間一般で言うところの「学生」ではない。航空自衛隊という組織に「就職」し、給料を得ながら勉強する「職業訓練生」だ。それを略して航学と呼ぶ。航学に入隊すると、全員が学生宿舎で団体生活を送ることになる。期間は二年間。この間にパイロットとしての基礎教育を受ける。この時はまだ実機での実習はない。体験飛行などはあるが、あくまでも基礎の基礎、ひたすら勉強と体力作りの日々である。

「航学を甘くみんなよ」

旅立つ前に散々、一八郎から脅された。そんなことを言われても浮き立つ心は抑えられない。だってそうだろう、あとたったの二年我慢すれば戦闘機に乗れるようになる。その道が開かれるのだから。

しかし、航学での二年間は予想を遥かに上回る大変さだった。一年は等しく「石ころ」と呼ばれ、一切の自我を認められない。先輩がカラスは白いと言ったら白いし、夏は雪が降ると言ったら降る。踊れと言われればどんな状況でも踊り出さなければならず、シュガーコーンのチョコアイスが食べたいと小耳に挟めば、売店までダッシュしなければならない。どんなに理不尽なことでも従わなければいけない。もしも何か挙動不審な目をしたり、反発の素振りをしたりしようものなら即座にこう言われる。

「石ころに意志はない」

六十人いた同期、うち六人が一年持たずに辞めた。慣れない集団生活と、「石ころ」状態に耐え切れなかったためだ。しかし陸は耐えた。どんな理不尽なことでも「石ころ」になって耐え抜いた。苦しいのは今だけだ、二年になれば、二年になりさえすればこの状況は変わる。折れそうになる自分の心に何度も言い聞かせて。

「よーしお前ら、今日から『人間』に昇格だ」

陸は仲間達と抱き合って人間昇格を喜び合った。元々は人間だ。こんなに大騒ぎして喜ぶなど滑稽極まりないのだが、この気持ちは体験してみなければ分からない。待ちに待った「人間」、言葉を話せる「人間」、気持ちを、態度を表に出せる「人間」。

しかし——、

「逆上《のぼ》せ上がるな。お前ら『人間』風情は俺達『神様』から見ればただのゴミクズ同然だ」

そう言い放った男こそ、当時学生隊長をしていた高橋だった。

「申告」

再び高橋の声が響く。3佐に昇格したからなのか、張りさえ感じられるのが忌々《いまいま》しい。

一番左側にいる男が壇上に向かって一歩進み出る。

「航空教育集団司令部付3等空尉……もとい、航空教育集団司令部付3等空尉長谷部《はせべ》一《いち》朗《ろう》以下四名——」

「五名だ」

高橋がすかさず小声で訂正する。

「もとい、航空教育団、もとい、航空教育集団付、付……もとい」

悪夢のような「もとい、もとい」の連呼。次第に高橋の眉間に皺《しわ》が寄っていく。

「もういい。先を言え」

「はい、申し訳ありません。えーと……」

「えーととはなんだ」

「申し訳ありません……あの——」

「早くしろ貴様、団司令を待たせるな」

身体は正面に向けたまま、陸は目だけを動かして男を見た。

長谷部一朗、そう名乗った男を見るのは今日が初めてだ。多分、防衛大学校出身か一般大学出身のどちらかだろう。３等空尉という階級でＣコースを代表して申告するのだから、ここにいる五人の中では序列がトップということになる。しかし、そんな長谷部は見ていて気の毒になるくらいパニックを起こしていた。汗でびしょ濡れの顔は緊張の赤を通り越して失神寸前の蒼白《そうはく》になっている。ヤバイな……。そう思った矢先、「私が代わります」と聞き慣れた声がした。

「飛行幹部候補生３等空曹大安菜緒《おおやすなお》以下五名は、本日付をもって第51期飛行準備課程の履修を命ぜられました」

涼やかな声が淀みなく流れる。ダイアンだった。陸は長谷部の肩くらいまでしか身長がない小柄なショートカットの女性自衛官、大安菜緒を誇らしげに見つめた。ダイアンというのは彼女の仇名《あだな》だ。大安という読み方を音読みに変えてダイアン。しかし本人はこの仇名をすこぶる気に入っていない。

「同じく3等空尉、笹木《ささき》隆之《たかゆき》」

「同じく3等空曹、村田《むらた》光次郎《こうじろう》」

いよいよ自分の番だ。陸は下腹に力を入れ、気合いを込めて口を開いた。

「同じく3等空曹、しゃかがみ陸」

う……、噛《か》んだ。慌てて「もとい」と言おうとしたら、「団司令、訓示」と高橋が次の段取りに進んだ。飛行準備課程の入校式。今日はファイター・パイロットへと続く門出の日だ。多分、これから何度もこの瞬間を想い出すことになる。でも、その度に自分の名前を噛み、言い直しをさせてもらえず、何事も無かったかのようにあっさりと流されてしまう場面を思い出すなんて……、それはいくらなんでも辛過《つらす》ぎる。

並んだ背中越し、菜緒が小刻みに肩を震わせているのが見えた。きっと青痣《あおあざ》が付くくらい尻を抓《つね》っているんだろう。

「君」

山崎団司令が呼んだ。やり直しをさせてくれるんだ。そう思った陸は「はいっ」と大きく声を上げた。

「君じゃない」

「は？」

「長谷部3等空尉、顔を上げなさい」

涙をいっぱいに浮かべた長谷部が俯《うつむ》いた顔を必死で前に向ける。

「いいかね、君達はこれからファイター・パイロットになるための課程を開始する。だが、その道は決して楽ではない。これから厳しい訓練が待っている。ままならないことがあるだろう。歯痒《はがゆ》い事もあるだろう。もしかすると、喜びよりも辛いことの方が多いかも知れない。しかし、必ずやファイター・パイロットになるんだという誓いを胸に、最後までくじけずに頑張って欲しい」

山崎団司令の言葉に長谷部が小さく頷《うなず》く。

「これで第51期飛行準備課程入校式を終了する」

陸はやるせない思いを抱えたまま、敬礼の姿勢で降壇する山崎団司令を見送った。


その後、五人は揃って飛行指揮所の一階にあるブリーフィングルームに移動した。ホワイトボードと地図と机だけの殺風景なこの部屋にはこれから何度も通うことになる。陸はぐるりと辺りを見回した。航学時代、何回かここに足を踏み入れたが、今とは部屋の広さも雰囲気も全然違う感じがする。やはり飛行準備課程の一員になったことがそうさせるのかもしれない。

「私、もうダメです……」

突然、長谷部が頭を抱えて机に突っ伏した。少し癖のある巻き毛をぐしゃぐしゃと両手で搔《か》き回《まわ》す。

「そんなことねぇって」

そう声をかけたのは笹木隆之だ。中肉中背、細長い顔にノーフレームの眼鏡をかけている。

「大事な申告を……死ぬほど練習してたのに言えなかった……。私は本当に本番に弱い……あぁっ！」

長谷部が両手で自分の頭を叩《たた》き始める。随分と芝居がかった仕草を唖然《あぜん》として眺めていると、ふいに笹木がこっちを指差した。

「あいつなんか自分の名前すらちゃんと言えなかったんだぞ。だから落ち込むなって。な」

陸を出汁《だし》にして笹木は長谷部を励ました。

自分の名前すら、か……。確かにその通りだ。言い返す気にもなれない。

ふいに誰かが「ふん」と鼻を鳴らした。

「誰だ。今の」

笹木がこっちを睨《にら》む。ノーフレームの眼鏡の下、細くて吊り気味の笹木の目がさらに細められてまるで一本の線のように見える。

「ふんって言ったの、誰だって」

だが、光次郎は目の前のやり取りなど全く意に介していない。何時の間に撮ったのか、整備格納庫の中でオーバーホール中だったT－7初等練習機のエンジンを見ながら、

「ターボプロップエンジン、可愛い」

そんな独り言を繰り返している。

「お前か」

笹木の視線が光次郎から陸に移った。初めて会った奴に「お前」呼ばわりされるのはちょっと引っ掛かる。そう思いつつも首を横に振った。

「ウチや」

窓際に立って外を眺めたまま菜緒が答える。笹木は一瞬意外そうな顔をしたが、すぐに冷たい目に戻った。

「なんで笑う」

「別に」

「別にってなんだ」

「キャンキャン騒ぐな」

その言い方が癪《しゃく》に障ったのだろう。笹木が大声で「おい」と怒鳴った。

「ならはっきり言うたるわ」

菜緒はしゃがんだままの長谷部に視線を向けた。

「たかが自己紹介が上手くいかへんかったぐらいで死にそうな声出して。アンタ草食動物かいな。悪いこと言わんから出て行き。アンタにファイター・パイロットは無理や。どうしても空飛びたかったら民航機にし」

言葉はキツイが間違ってはいないと思う。ここで目指す世界は人を運ぶパイロットじゃない。戦闘するパイロットなのだ。性格が弱ければ、それは即、死に繋《つな》がる。

笹木に慰められて僅かに赤味が差していた長谷部の顔が再び凍り付いた。

「女のくせに……」

笹木が呟く。

「今なんて言うた……」

「出て行くのはそっちだろう。女はファイター・パイロットになれないんだぞ。お前こそなんでここにいるんだよ」

菜緒が笹木を射るように見つめる。まるで猛禽類《もうきんるい》のような目。この目になると危険だ。

「はい、お終《しま》い」

慌てて陸は二人の間に入った。

「高橋が戻ってくる前にこれ読み終わってないと、またボロクソに言われる」

机の上に置かれたプリントをぽんと叩く。これからの心得と履修する科目の説明がびっしりと書かれた紙の束。急がないと日が暮れてしまうくらいの分量がある。

しかし、菜緒はまだ笹木を睨みつけたままだ。

「もうやめとけって」

「ウチやない。アイツが——」

「揉《も》めるのか？　今日はチャーリーの初日なんだぞ」

菜緒が圧し黙った。

「チャーリーって言われるの、ずっと楽しみにしてただろ」

すかさず畳み掛ける。今日からこの五人でフライトコースC、「チャーリー」と呼ばれる班になるのだ。

ちなみに一コースはだいたい五〜七人ほどで振り分けられていて、防大出身者のみで集まったAの「アルファ」とBの「ブラボー」、一般大学生と航空学生混成のCの「チャーリー」とDの「デルタ」、航空学生出身者のみのE「エコー」とF「フォックストロット」となる。昔は全ての出身者が混ぜ合わせられていたそうだが、防大生と航学生のいがみ合いが絶えず、やがてきっちりと分けられるようになった。

菜緒は笹木から目を逸らすと、そのままくるりと踵《きびす》を返して椅子に座った。

「チャーリーの始まりに免じて今日のは貸しにしといたる」

ギリギリセーフだ。陸も椅子に座るとパラパラとプリントを捲《めく》り始めた。これ、一体何ページあるんだよ。そう思いながら。

「何がチャーリーだ……」

小声だったが陸にもはっきりと笹木の言葉は聞き取れた。顔を上げると、菜緒が再び笹木を睨むのが見えた。

「俺達をお前ら航学出と一緒にするな」

「そらどういう意味や」

「航学出は日本語も出来ないのか」

「笹木くん……」

もうやめようと長谷部が首を振る。

「いや、何事も最初が肝心だからな。いいか、よーく覚えとけ。俺と長谷部はお前らとは違う。形だけはチャーリーだが、断じて中身は同じじゃない」

「自分らはウチらより学歴も上、階級も上。格下と一緒にされてたまるかアホ、そういうことか」

「お前ら3曹の給料は19万、俺達3尉は24万円だ。なぜ5万円分の開きがあるか分かるか。俺達の出来がそれだけ良いってことだ」

確かに笹木の言う通り、自衛隊は階級によって全てが分けられる。航学出と大学出では受け取る給料の額も全く違う。だからといって、それが人間の出来不出来に関係するとは陸は思っていない。それに、陸が航学になったのは一秒でも早く戦闘機に乗りたいからである。航学を出れば大学出身者より三年ほど早く戦闘機に乗ることが出来るのだ。

「それになんだお前、女のくせにその口のきき方。どんな家庭に育てばそんな風になるんだよ。それからお前」

今度は矛先が陸に向けられる。

「女の尻拭いとかしてバカか。ビクビクしてんじゃねぇよ」

ビクビクって……。どう見たってしてるのはあんたの方に見えたけど。陸としてはむしろ笹木を助けたつもりだったのだ。

「そっか、お前らデキてんのか」

その瞬間、カッと菜緒の目が燃えた。鷹《たか》のような敏捷《びんしょう》さで笹木に襲い掛かる。しかし、それよりも僅かに速く、陸の右ストレートが笹木の顔面を捉えた。「ぐっ」とくぐもった声を残して笹木の身体は机ごと床に吹っ飛んだ。

「ちょっと陸、何してんねん！」

突如、怒りの対象を失った菜緒が激怒する。

「何って……」

陸は返事に困った。笹木を助けるために自分が手を出したなんて言ったら、火に油だろうから。

「どうだ、読み終わったか。これから全員で隊舎の方に移動――」

ブリーフィングルームに入って来た高橋が目の前の光景を見て口を噤《つぐ》んだ。ツルツルのハゲ頭が茹蛸《ゆでだこ》のように真っ赤に染まり、円らな瞳は一転、悪魔のような冷たい光を帯びる。変身だ……。航学出なら誰もが知っている天使から悪魔への移行。通称デビ。

「どっかでやるとは思っていたが、初日からとはいい度胸だな……。全員表に出ろ。死ぬっていうくらい血抜きしてやる」

2

誰もいない救命装備室で高岡速は精神統一をしていた。右足を上げて足の裏を左足の太ももに付ける。必ず右足を上げるという決まりはなく、左足を上げて足の裏を右の太ももに付けても構わない。手は胸の前で組む。偉そうに見えるくらい胸を張る。背筋はピンと伸ばす。頭の上から見えないピアノ線で吊られているのをイメージして。そして目は閉じる。しっかりと。誰に教えられたポーズでもない。自分で色々試してこの形に落ち着いた。これを五分間、一日三セットずつ行う。それが自らに課した決まりだ。

複数の足音がこっちに近付いて来るのが聞こえた。ドアが勢いよく開いて人が流れ込んで来る。目を閉じていてもそれが誰かは分かる。自分と同じフライトコースBに所属するブラボーの面々だ。もちろん皆は自分がそこにいて、奇妙なポーズで立っていることを知っている。知っていて声をかけないのは決して無視しているからではない。日に三度、このポーズで精神統一を取ることは、防大同期ならば周知の事実なのだ。

「あぁなんか気持ちわりぃ。昼飯、ちょっと食い過ぎたかも……」

これは真崎典宏《まさきのりひろ》。大食漢の真崎はやたらと飯を食う。航空加給食も全部平らげる。自分の分は当然、余り物まで全部だ。自分は先に食堂を出たため、真崎がどれだけ食べたのかは知らない。しかし、「食い過ぎた」と言うからにはいつも以上におかわりを繰り返したのだろう。

「何がちょっとだバカ。これからフライトだぞ」

呆《あき》れ声。これは吉村太郎《よしむらたろう》だ。二浪して防大に入学した。ブラボーでは最年長である。

「お前さ、その腹、救命胴衣のベルトのバックルって嵌《はま》んのか」

続いて岡田裕《おかだゆう》。同学年だが誕生日が一番遅いので、常に年下扱いをされている。

「嵌るさ」

衣擦れの音。真崎が救命胴衣に袖を通している。続けて金具の音。胸と腹の二箇所のバックルをはめようとしているのだ。

「やっぱ嵌んねぇじゃねぇか」

「この救命胴衣のベルトが短いんだよ。他のなら――」

「バカ、そんなのみんな一緒だ。救命胴衣着れなかったら、フライトやらせてもらえねえぞ」

「それ、困る……」

「腹を思いっ切り引っ込めろ」

キチキチと音がする。ベルトとバックルが擦れる音だ。真崎に腹を引っ込めさせ、吉村と岡田が左右に分かれてベルトを締め上げているのだろう。

「待って……苦し……」

真崎がギブアップを伝えた。

「今日のお前の担当教官だけどさ」

別の声が混じった。男にしては随分と甲高い。大澤《おおさわ》収二郎《しゆうじろう》だ。

「シワ加藤だけど」

「やっぱ知らんのか」

「何が」

「加藤、早退したぞ」

「え、いつ。なんで？」

「痔がひどくなって病院に行くって」

「じゃあ俺の担当は……」

「デビ」

その瞬間、真崎が息を呑《の》むのが分かった。

「俺、この前のフライトの時さ、マジ気持ち悪くなって教官吐きそうですって言ったら、いきなり錐揉《きりも》みかまされたからな。あん時はマジで死んだと思った」

収二郎がここぞとばかりに煽《あお》る。

「ちょっとトイレ……」

真崎はそう言うや、ドアを開けて出て行った。

「アイツ、ゲロ吐きに行きやがった。バカだよな、ククク」

速はそのバカにした笑い方でピンと来た。収二郎は教官の変更を事前に知っていて、それを真崎に伝えなかったのだ。教えてさえいれば、真崎が食べ過ぎることもなかっただろう。

腕時計がブルブルと震えた。五分経った。目を開けると目の前に収二郎が立っていた。想像通りの薄ら笑いを浮かべている。

「な、速もそう思うだろ」

収二郎が同意を求めて来る。速は無視して鉄のハンガーに掛けられた無数の救命胴衣の中から一つを摑むと、黙って身に付け始めた。

「なんだよ、どうかしたのかよ」

速の態度に不利を察したのだろう。今度は一転、擦り寄ってくる。

「お前は武人の風上にもおけんな」

「……どういうことだよ」

「自分の胸に聞け」

速は装具を取り付け終わると、真崎が出て行った方とは反対側のドアを開けた。途端、ねっとりとした湿気が身体全体にまとわり付く。緑色の飛行服は生地が厚く、ただでさえ暑い。その上に救命具を背負うのだから尚更《なおさら》だ。速は駐機場に向かって踏み出した。

小脇にヘルメットを抱えてしばらく歩いていると、整備庫とは反対側にあるグラウンドで腕立て伏せをしている一団が視界に入った。人数は五人、頭にはＣＡＤＥＴ帽と呼ばれる赤い帽子を被っている。すぐにチャーリーだと分かった。

半年前、速は防衛大学校から奈良県奈良市にある航空自衛隊幹部候補生学校に移った。ここは航空自衛隊の初級幹部として、職務を遂行するのに必要な知識や技能を修得する教育機関である。修学期間は防衛大学校卒業者なら約二十三週、一般大学卒業者なら約四十週となっている。速達ブラボーはそれを終えて防府北基地に入校した。それから連日、座学やシミュレーターによる操縦訓練、落下傘降下準備訓練や航空生理訓練を受け、今は次の段階である初級操縦課程へと進んでいる。ここまであっと言う間の出来事だった。多分、チャーリー達も同じような思いをすることになるだろう。

それにしても、あの腕立て伏せの様子は只事ではない。あれは間違いなく何かの罰を受けている。入校早々からトラブルを起こすとはなんとも元気のいいことだ。

雫《しずく》が頰に当たった。チャーリーから視線を外して空を見上げる。雲がべったりと覆い一面鉛色だ。今朝のブリーフィングの際、気象班に雨の降り出しが早まるかもしれないと告げられていた。天候の悪化次第では、急遽《きゅうきょ》フライトが中止になることもある。まだ、自分で操縦を行うのではなく、あくまでも教官が操縦を行うのを見る段階だ。一日も早く操縦技術をマスターし、まどろっこしい日々を終わらせたい。なんとかあと一時間、持ってくれ。祈るような気持ちで速は歩みを速めた。


駐機場には八機のT－7が並んでいた。上半分が白く下半分が赤いボディ。速は初めてT－7を目の当たりにした時、頭の中に救急車が浮かんだ。胴体のカラーリングだけを見るとなんとなく似てなくもないと今でも思う。厳つい戦闘機のイメージは欠片《かけら》もなく、むしろ民間機のセスナ機のような小型軽飛行機に近い。

ここにあるうちの五機はこれからブラボーが乗り込む機体だ。その機体を十数名の整備員がチェックしている。皆、自分とあまり歳の変わらない二十代から三十代前半の若者達。整備員は半数とまではいかないが、それでも女性の姿が目立つ。男性と混じり、なんら変わることなく油まみれになって働く姿は見ていてとても清々しい。速はこれから自分が乗り込むことになっている903とナンバリングされた機体に近付いた。

「12－B高岡、よろしくお願いします」

機体を整備している三人の整備員に声をかける。

「おう」

応えたのはそのうちの最年長である山野《やまの》整備員だ。

「天気が持てばいいんですが」

「まだ持つよ。防府は大平山《おおひらやま》が見えなくなるとダメなんだ」

山野は東の方にある大平山を見た。確かにまだ山影は薄《う》っすらと見えている。速はタラップを三歩で昇ると、前後に並んだ二つの座席の後部側に座った。お世辞にもコクピットのスペースは広いとは言えない。身長178㎝、そんなに大柄な方ではない速でも、背中に背負った救命胴衣を収めればもう余計な動きは出来ない。しかも、足を伸ばせない体育座りのような姿勢は、想像以上に窮屈感を強いられた。

「戦闘機のパイロットって短足の人向きなのよね」

速の窮屈さを感じ取ったのか、女性整備員の水沼《みずぬま》がショルダー・ハーネスを装着しながら笑った。

「仕方ありません。昔の日本人の標準体型に合わせて設計されていますから」

「そうじゃないって」

山野が帽子を取って頭を掻いた。

「水沼はさ、お前の足が長いって褒めてんだよ」

そうなのか、という顔をして速は水沼を見た。

「失礼しました。気付きませんでした」

速の返事に山野は苦笑いを浮かべ、「堅いねぇ」と呟く。

「だからいつまで経っても飲みの誘い一つして来ないわけだ」

「ちょっと、やめて下さいよ」

頬を膨らまして水沼が機体から離れて行く。

「高岡、今度ヒマがあったらあいつ誘ってくれよ」

「いつ、とはここで具体的に言えませんが」

「いつだっていい。誘ってくれさえすりゃな」

それがどういう意味なのかはもちろん分かる。だが、速には一切その気は無い。水沼がどうこうではなく、そういう無駄なことをしたくない。一日も早く操縦をマスターしたい。そのために全ての時間を注ぎ込みたいのだ。

「ほんじゃ頼むな」

片手を上げて山野もまた機体から離れた。

代わりに小柄で白髪の男が近付いて来る。本日の担当教官、木元《きもと》だ。歳など聞いたことはないが、多分五十に手が届きそうな頃だろう。担当教官は日によってどんどん替わる。教官を一人に固定しないのは見落としのないようにするためだ。学生の癖や特性を、複数の教官の目で見て判断するクロスチェック方式となっている。学生によっては教官の性格や厳しさによって当然好き嫌いが生まれる。木元もどちらかというと癖のある性格なので敬遠されている。しかし、速は誰でも構わない。技術さえ盗めればそれでいい。

速は木元に「よろしくお願いします」とコクピットの中から声をかけた。木元は軽く手を振って応えると、山野達三人の整備士が見つめる中で機体の外回りをチェックしていく。整備士を信頼していないのではなく、全て自分の目で確かめること。これもパイロットにとっての大事な役割なのだ。木元は馴《な》れた手付きでコクピットに乗り込むと、

「いいか、さっきもブリーフィングで言った通り、今日はタッチアンドゴーだ」

計器を確かめながら言った。

タッチアンドゴーは飛行機を操縦する上での基礎だ。離陸、上昇、旋回、水平飛行、降下、着陸という基本が全て含まれており、重要な操作、特性、航空法規や無線技術を学ぶのに最適と言われている。

「うしろからしっかり俺の操作を見て、管制塔とのやり取りも聞いて、空の感じも見て、色々学べ」

言われなくてもそうする。速は「はい」と答えた。

「高岡、ちょっと操縦桿《そうじゅうかん》握ってみな」

速が股の間から飛び出している操縦桿を摑む。

「おー、ぴくぴく震えてんな」

Ｔ－７の操縦桿は前とうしろが連動している。だから、速の振動が包み隠さず木元に伝わるのだ。

「お前みたいな男も興奮することがあるんだな。ちなみにアレの時とどっちが興奮するよ」

木元のいうアレとは「あのこと」なのだろう。どうしてこういう下らない話で時間を使うのか分からない。黙ってさっさと飛んで欲しい。

「コレです。比べ物になりません」

木元は振り返ると一瞬不思議そうな顔を浮かべ、やがて火を噴くような笑い声を上げた。どうやら今の答えが気に入ったようだ。

「ヒューン」と音を立ててエンジンが始動した。猛烈な回転音が辺りを包み込む。木元が右手の人差し指と中指を立ててグルグルと回す。これは「クリアー」のサインだ。ここから先は肉声ではなく、全てハンドシグナルとマイク越しの会話となる。

「カミング」

ＲＰＭが上昇して回転計が上がる。「10％」「20％」……、木元が右手の指を一本、二本と立てる。速は計器とハンドシグナルを交互に見て、そのタイミングを記憶していく。

「58％スターター・オフ」

「フラップ・テイクオフ」

「ストール・ウォーニング」

厄介なことに手順は教官によって少しずつ違う。速は一つひとつの言葉と動作を結び付けながら、一番ベストな選択肢を的確に頭の中に刻んだ。

「防府グランド、セトウチ９４１、リクエスト・タクシー」

木元が管制塔に呼びかけた。

「セトウチ９４１、防府グランド。タクシー・トゥー・ランウェイ・スリー・ゼロ・ウインド・スリー・ツー・ゼロ・アット・セブン、キュー・エヌ・エイチ、スリー・ゼロ・ゼロ、ツー」

管制塔からの返事が返ってくる。もちろんどちらの声もヘッドホンを通して速の耳にも入ってくる。速はその内容を聞きながら、次はリリース・ブレーキだと思った。

木元が「リリース・ブレーキ」と整備員に伝える。エプロンの中ほどにいる誘導員が手招きする方向へ速の乗ったＴ－７が頭を向けた。一度ブレーキチェックをしたあと、再び地上を這《は》うように滑走しながら離陸位置に向かって行く。速は滑走路を横目に見ながら、管制とのやり取りに意識を集中した。

「防府タワー、セトウチ903・レディ」

「セトウチ903、防府タワー、ウインド・スリー・ワン・ゼロ・アット・エイト、ランウェイ・スリー・ゼロ、クリアド・フォー・テイクオフ」

防府タワーから離陸許可が下りた。プロペラの回転速度が上がる。風の音が高音に変わる。機体が滑る様に前に出る。T－7が滑走路を加速して走って行く。

「V1、VR、V2……」

速の見つめる計器盤の速度計が100ktを超えた。そのタイミングで股の間にある操縦桿が手前に倒れる。木元が操縦桿を引いたのだ。途端、フワッと身体から重力が消えた感覚になる。そして、今まで見ていた景色がまるで嘘のように、目の前に爆発的に広がっていく。

その瞬間、速はニヤリと笑った。離陸したことに喜びを感じたからではない。離陸のタイミングを完全に摑んだからだ。

3

夜になっても一向に気温が下がらない。立っているだけでも汗が沁《し》み出してくる。しかし、ここだけはまるで別世界だと陸は思った。防府市内にある居酒屋てっしん。その奥座敷、通称『離れ』は冷え切っていた。水割りやビールやウーロン茶を手に、短髪の男四人とショートカットの紅一点が一言の会話も無く飲む。まるでお通夜を思わせるような雰囲気だが、店員達は皆知らん顔だ。

チャーリーの初日はまさに最悪といっても過言ではない。団司令を前にリーダーの長谷部が極度の緊張から挨拶に失敗、些細《ささい》なことから言い争いに発展した挙句、陸が笹木を殴って気絶させた。激怒した主任教官の高橋は午後からのスケジュールを一切飛ばして、チャーリーに過酷な体罰を与えた。高橋曰く、「フラフラのボロボロのズタズタにして、お前らの全身から余計な血の気を抜いてやる」という有り難い指導だった。そして、隊舎に置かれているであろう荷物の荷解きをする間もなく、汗を風呂で洗い流すヒマもなく、緑色の作業服のまま予てから予約してあった懇親会会場へと向かったのである。

料理は頼みもしないのにどんどん運ばれて来た。焼き枝豆、冷奴《ひややつこ》、鮎《あゆ》の塩焼き、ポテトフライ、焼《や》き餃子《ギョーザ》、水餃子、じゃこサラダ、さつま揚げ、牛丼に天丼に刺身に煮付け云々。瞬く間にテーブルはおろか畳から廊下にまで置かれていく料理に、ついに笹木が痺《しび》れを切らした。

「なんでこんなに出てくんだよ」

身動き出来ないほどの料理に埋め尽くされた光景を、腫れた左目を必死に見開いて怒鳴る。

「誰が頼んだんだ」

「誰も頼んでへん」

作業服の上着を脱いで白いTシャツ姿になった菜緒が間髪いれずに答える。

「この店はなぁ、防府北基地伝統の店なんや。航学はもちろん、学生や教官達が永らくお世話になって来た場所や。あれ見てみぃ」

菜緒が指をさした壁には数え切れないほど沢山のワッペンが貼られている。それはみんなそれぞれの所属、時期、チーム名を記した基地の歴史そのものだ。懇親会をしたいと電話一本入れておけば、あとはお任せで料理が出て来ることになっている。

「幾らお任せっていっても限度はあるだろう。どうすんだよこれ……」

「アホ。食べるに決まってるやろ」

「アホってなんだ！」

「アホにアホ言うて何が悪い！」

また始まった。ここで自分がまた何か言うと騒ぎが大きくなる。陸はうんざりしつつ他の二人に目をやった。長谷部は精根尽き果てたような顔をして、ぼんやりと虚空を見つめている。面長の顔がさらに間延びしてみえる。それでもきちんと作業服の上着を畳んでいるのが凄《すご》い。光次郎はというとさっきからラインに夢中だ。いつもは眠そうな目をキラキラと輝かせ、10㎝ほどの直毛の髪の毛が逆立っている。きっと全国にいる戦闘機仲間と何かの激論を交わしているんだろう。

結局、自分しかいない……。作業服は店に入った時から脱いでいる。陸はなんとなく白いTシャツの袖を肩まで捲り上げると、なるべく腫れ上がった笹木の顔を見ないようにして、割り箸で煮付けの盛られた皿を叩いた。「カーン」と心地良い音がする。案の定、笹木が細い目でジロリとこっちを睨んだ。

「何の真似だ」

「終了のゴングです」

「バカ。鐘一発は試合開始の合図だ」

「もういいでしょう、せっかくの懇親会なんだし」

勢いに任せてビール瓶を摑むと笹木に差し出す。しかし、笹木は近くのビール瓶を摑んで、自分でコップに注ぐとぐいっと飲み干した。

「結構いけますねぇ」

しかし、笹木は陸を無視して再び自分のコップにビールを注いだ。顔が赤く染まっているのは日焼けしているためか分からないが、目は既に真っ赤に充血している。一人で相当飲んでいるはずだった。

再び『離れ』に静寂が下りる……。ギスギスしているのは苦手だ。いがみ合うのも好きじゃない。かといって黙り込んでいても何かが変わるわけでもない。だったら腹一杯食べて飲んでさっさと寝る。これに限る。陸はさつま揚げを摘むと口の中に放り込んだ。途端、口の中が火事になる。いつもは作り置きの冷えた料理のくせに、どういう訳か今日のは作りたてだった。涙目で焦る陸に菜緒が水の入ったコップを手渡した。

「ひゃりがほう……」

ロレツが上手く回らない。

「これで二回目やな」

「ウヒャヤヤヤ」

突然、長谷部が笑い出した。あまりにも風変わりな笑い方に思わず菜緒と陸が顔を見合わせる。光次郎は何か珍しいものでも見つけたように、長谷部の顔を携帯カメラで撮影した。

それを皮切りにようやく全員の箸が動き出した。最後までむっつりしていた笹木も目の前の小鉢に箸を付け始めた。一度食べ出したら一転、今度は食欲に火が付いた。猛烈な勢いで皿の上から料理が消えていく。考えてみれば今日一日のカロリー消費量は相当のものだ。塞いでいた気持ちから解放され、チャーリーは一心不乱に料理を平らげていった。

「——座も温まってきたことだし、ここら辺で自己紹介でもしませんか」

じゃこサラダを小鉢に盛りながら陸が提案する。

「来た来た、定番」

菜緒に茶々を入れられるが、そこは計算済みだ。

「絶対やっといた方がいいって」

「せやけど」

菜緒の視線はどうしても笹木に向かう。

「ウチらのことなんか知りたくない人もおるんちゃう」

笹木は知らん顔して、大振りの餃子を食べ続けている。

「な」

しょうがない。ここは言い出しっぺの自分からいくしかないか。陸が立ち上がった。

「坂上陸、いきます」

空のビール瓶をマイクのように持って話し出す。

「平成三年五月五日、子供の日生まれ。出身は春日《かすが》基地の側の福岡県春日市です。趣味は読書と——」

「嘘つけ」

「ほんとは筋トレ。好きなことは食べること、寝ること、しゃべること。嫌いなことはツイッターとかフェイスブックとか。あと豚肉。クリーム系のシチューとかも苦手です」

「いらん情報や」

「坂上くんは付き合ってる人はいるんですか」

長谷部が真顔で尋ねた。

「陸でいいです」

「じゃあ陸くん」

「いません」

「ほんとに？」

「ほんとに」

高校の時、一度付き合いかけた子がいたが、「やっぱり陸くんとは友達の方が幸せな気がする」と交換日記に書かれた。それが今でも微妙に尾を引いている。

「マジ募集中です」

「どこに募集掛けてんねん」

「菜緒、今度合コンセッティングして」

「人に頼んなボケ」

「まるで夫婦漫才みたいですね」

言った途端、長谷部の顔面にうどんが貼り付いた。もちろん投げたのは菜緒だ。

「なんか私、地雷を踏んでしまったようですね……」

長谷部は何事もなかったかのように顔からうどんを剝ぎ取ると、

「じゃあパイロットになりたいと思ったきっかけを聞かせて下さい」

と言った。怒りもせず怒鳴りもせず自然体で次の質問を投げ掛ける長谷部を見て、陸はなんか学校の先生みたいだなと思った。

「きっかけですか……」

もちろんある。小学校に上がるか上がらないかくらいの時、一八郎が聞かせてくれた物語。初めて聞いた時から忘れられなくなった。それからずっと、空を見上げる度に思い出す。

「どうしたんです」

急に黙った陸を長谷部が見上げた。

「陸な、〝天神〟になりたいんや」

「天神……？」

長谷部が不思議な顔をした。笹木もチラリと顔を上げて陸を見た。

「天の神ってことですか」

「そや。大それてるやろ」

「それは……確かに」

「違うって。俺はなりたいんじゃなくて会ってみたいって言ったんだ」

陸だってもちろん空に神様がいるなどと本気で思ってなどいない。でも一八郎は言い切った。たった一度だけだったが、自分は確かに〝天神〟を見た、と——。

「それがパイロットになりたいと思ったきっかけですか」

「まぁ……」

陸が頷くと長谷部は腕を組んで黙り込んだ。

「な、変わってるやろ。これずっと言うてるんやで」

「おかしいかなぁ」

「おかしいというよりくだらねぇ」

笹木が唐突に口を開いた。

「お前さぁ、それマジで言ってるんなら病気だぞ。天神とかバカじゃねぇの。そんなもんいる訳ねぇだろうが。空ってのはなぁ、窒素が78・1%、酸素が20・94%、アルゴンが0・9%、二酸化炭素が0・04%、あとは一酸化炭素とネオン、ヘリウム、メタン、クリプトン、一酸化二窒素、水素、オゾン、水蒸気で出来てる。神様とかそんな非科学的な要素が入り込む余地なんてどこにもねぇんだよ」

空の構成物質なんて全然知らなかった。ある意味、笹木の知識に感心する。

「チッ」

静まり返った空気を嫌って、笹木は自分のグラスに手を伸ばした。

「あれ、俺のグラス……」

が見当たらない。

その時だ。長谷部の身体が前後に揺れ出してそのままうしろにバタリと倒れた。畳に後頭部を打ちつけてドスンと音が響く。これって何かの芸なのか？　陸は長谷部の顔を上から覗き込む。

「……長谷部さん」

声をかけたが長谷部は目を閉じたままピクリとも動かない。

「寝たんか」

菜緒もテーブル越しに長谷部の顔を見る。

「まさか」

さっきまで喋《しゃべ》っていたのだ。寝つき良過ぎにも程がある。

「あ！」

ふいに笹木が大声を上げた。テーブルの下にはグラスが一つ、転がっている。笹木はグラスを拾い上げると匂いを嗅《か》いだ。

「やっぱりだ……。俺のビール、間違って飲みやがった……」

「一杯くらいどうってことないやろ」

菜緒が串に刺さった砂肝を頬張る。しかし、長谷部を見つめる笹木の目は釣り上がったままだ。

「おい、長谷部」

笹木が隣に倒れている長谷部の肩を揺すった。横向きになったまま、やはり長谷部は動かない。目も開けない。

「こいつ下戸なんだ。酒が全く体質に合わない……」

そういえばここに来てから長谷部はずっとウーロン茶を飲んでいた。

「前にもこんなことがあった。そん時は奈良漬一枚で丸一日気絶してた」

じゃあビール一杯ならどうなる？

笹木が長谷部の顔を上向きにする。蛍光灯の明かりの下でもはっきりと顔色が土色になっているのが分かる。口の端からはダラリと白い涎《よだれ》が流れ出し、ほとんど呼吸をしていないような感じだ。これはもう只事《ただごと》じゃない。

陸はテーブルを飛び越えて長谷部の隣に座ると、背中を支えるようにしてゆっくりと上体を起こした。ダラリと前に垂れ下がった首と腕。幽霊のようだ。

「お前、何すんだ」

笹木が怒鳴る。陸は無視して長谷部の左腕の下に自分の右腕を回し、そのまま肩を担ぎ上げるようにして立ち上がる。ずっしりと長谷部の全体重が圧し掛かってくる。重い……。意識を失った人間を支えるのがこんなに大変だとは知らなかった。

「光次郎、大将に言って救急車呼んで。菜緒は精算頼む」

「了解」

「任せとき」

二人がテキパキと動き出すのを唖然として笹木が見ている。

笹木さんは――いいや。

長谷部を抱えて廊下に出た。古い写真やポスターやペナントの貼られた狭い廊下は、切れた電球を節電という名目でそのままにしてある。明るい場所に慣れた目にはとことん動きづらい。それでも陸は長谷部を支えて歩いた。倒さないようにゆっくりと。

「長谷部さん、大丈夫ですからね」

そう、時々声をかけて。

店の出入り口へと続く道は廊下を曲がったその先だ。と、陸はトイレから出て来た男と危うくぶつかりそうになった。

「すみません、ちょっと急いでるんで」

悪いとは思ったが細々と説明している時間が無い。その場から離れようとすると、男が陸の肩を摑んだ。ああもう、こんな時に……。チラリと男を見た。陸よりも少しだけ背が低い。しかし、身体つきは締まっており、坊主頭で、薄闇でも分かるほど向けられた男の眼差しは鋭い。

「友達が酒に酔って意識が無いんです。だから病院に――」

「分かった」

分かった？　何が分かったと言うのだろう。意味が分からず混乱していると、坊主頭の男は反対側から長谷部に肩を回し、さっさと廊下をあと戻りし始めた。

「ちょっと！」

陸が慌てて声をかける。しかし、坊主頭の男は返事もせず歩調も緩めず、そのまま『離れ』に入った。

「あ――」

素っ頓狂な声を上げる笹木に向かって、「さっさとテーブルと皿を端にどけろ」と命令した。迫力に押されたのか、笹木は弾かれたように立ち上がると皿を片付け、テーブルを壁際に寄せた。坊主頭の男は陸と呼吸を合わせ、空いたスペースに長谷部を寝かせた。素早く袖をまくって自分の腕時計で脈を取り始める。菜緒が陸を見て「医者か」と口パクで聞いてくる。陸は「知らない」と頭を振った。

「じゃあこいつ誰や」

「シッ」

坊主頭の男は腕時計を見つめたまま菜緒の言葉を遮った。明るい場所で見たその男は医者のイメージからは程遠いものだった。むしろどことなく自分達に近い感じがした。

「救急車、七分くらいかかるって」

大将に事情を説明し、『離れ』に戻ってきた光次郎がのけぞった。

「君、大将に言って冷蔵庫からポカリスエットを貰ってきてくれ。三本くらいでいい。それから冷えてないポカリスエットを一本、あと洗面器と新聞紙も」

坊主頭の男の言い方は落ち着いて静かだが、有無を言わせない迫力があった。光次郎は首を傾げつつ、再び廊下に出ていった。

「誰か座布団で枕を作ってくれ」

陸と菜緒が折り畳んだ座布団を渡すと、男は片手で器用に長谷部の頭の下に挟み込んだ。光次郎が洗面器と新聞紙、ポカリスエットを抱えて戻ってくる。

「洗面器に新聞紙を引いたら顔の側に」

「え……」

ゲロ受けをするよう指示された光次郎は一瞬げんなりした表情になったが、坊主頭の男と目が合うと黙って従った。坊主頭の男が長谷部の顔を少し持ち上げて、口の中に冷えたポカリスエットを流し込む。途端、長谷部の顔が苦悶《くもん》の表情になって洗面器に嘔吐《おうと》した。光次郎が顔を背けてそのゲロを受ける。

「長谷部さん」

　陸が呼びかける。

「まだだ」

　坊主頭の男はそれから三回、四回とポカリスエットを長谷部の口に注ぎ込んだ。その度に長谷部は激しく嘔吐を繰り返した。

「手足をさすってやるんだ」

　菜緒、陸、笹木の三人は震える長谷部の手足をごしごしと摩り始める。

「めっちゃ冷たいで……」

「アルコールが身体から抜ける時、血圧が下がって冷たくなる。特に末端には血が届き難くなってるから、マッサージしてやると有効だ」

　坊主頭の男は長谷部の顔を見つめたまま、今度は冷えていないポカリスエットを長谷部の口にゆっくりと流し込んだ。長谷部の喉がゴクリと動く。

「慌てるな、ゆっくりだ。落ち着いて飲むんだ」

　今度は飲み込んでも嘔吐が来ない。

「冷たいものは反射で嘔吐が来る。温くなるとそれが抑えられる」

　坊主頭の男は誰にともなく言った。その時、固く閉じられた長谷部の瞼《まぶた》がゆっくりと開いた。

「長谷部」

「長谷部さん」

「おーい、生きてるか」

陸達が一斉に呼び掛ける。坊主頭の男が長谷部の真っ赤になった目を覗き込む。

「名前が言えるか」

「航空教育集団……司令部付……3等空尉、長谷部……一朗……」

たどたどしいが、長谷部は自分の所属と名前を正確に名乗った。

「この状況できちんと言えたで……」

「意識が戻った証拠だ。もう大丈夫だ」

「じゃあ病院は」

「必要ない。アルコールが抜けるまで安静にしておけば回復する」

「良かったぁ」

高まっていた緊張が一気に解れていく。陸はようやく正座を崩して胡坐《あぐら》をかいた。

「なんだ、こんなとこにいたのか」

半分ほど開いた襖《ふすま》から、赤い顔をした背の低い男が顔を覗かせた。

「支払い、済ませたぞ。……急性か」

「あぁ。処置は済んだ」

「んー？　そいつ、どっかで見たような……」

赤い顔をした背の低い男が、畳に横たわった長谷部の顔を見つめる。

「奈良の幹候生の時、一緒だっただろ……。あんたらとはクラス違ってたし、ほとんど喋ったことねぇけど……」

むっつりと笹木が呟いた。

「あー、あぁあぁ」

赤い顔をした背の低い男が笹木の方を指差す。

「確か……斎木」

「笹木！」

「で、こっちのが長谷川」

「長谷部だって……」

赤い顔をした背の低い男は人を食ったようにヘラリと笑うと、「そうか。お前ら、チャーリーか」と言った。

「俺達はブラボーだ」

陸はギョッとなった。自分達の一つ先を進むブラボーと、まさかこんな形で出会うことになろうとは。

「俺は副リーダーの大澤収二郎。そしてこいつがブラボーのリーダー、高岡速だ」

陸は目の前の坊主頭の男を見た。ブラボーのリーダーがチャーリーのリーダーを介抱していたのか……。

「お前らも武人なら身の丈をわきまえろ。二度と酒に飲まれるような飲み方はするな」

高岡速がきっぱりと言った。

「してねぇよ。長谷部の奴が間違って俺のビールを飲んだんだ」

高岡速が笹木を見た。笹木がさっと俯く。奈良の幹候生で一緒だったと言っていたが、その様子からはとても同級生のようには見えない。

「どんな理由があるにせよ、国を守る仕事に就いている者が酒に酔い潰れているところなど、国民は決して見たくはない」

そうだ。確かに。外の世界から見れば自分は武人なのだ。自分でも意識したことはなかったけれど。

「チャーリーの坂上3曹です。今日は助けていただき、本当にありがとうございました」

「坂上……」

高岡速が陸を見つめ、何かを思い出すように呟いた。

「いや……、何でもない」

「これからよろしくお願いします」

「こちらこそ」

速はそう言うと、踵を返して『離れ』から出て行った。

医者じゃなかった。あの有無を言わさぬ眼差し。的確な処置。揺るぎの無い態度。そして、言い放った武人という言葉。そんな男が自分と同じパイロットを目指している。なんだか信じられないような心持ちで、陸は高岡速の出て行った廊下を見つめていた。

12-C 坂上 陸 21歳
こんな感じで駆け上がっていきたいです。
どうぞよろしくお願いします。

第二章　問答雲《もんどうぐも》

1

気が付いたらいつの間にか梅雨は終わって、真っ青な空からギラギラした陽射しが降り注いでいる。クマゼミの大合唱も耳に痛いくらいだ。

　陸は飛行教育群の三階にある実習室の窓からぼんやりと外に目を向けた。真っ白な入道雲が王者の城のようにそびえている。ふと、子供の頃に観た『天空の城ラピュタ』が頭に浮かんだ。巨大な城を空に浮かべ、雲の中に住むラピュタ人。天の神様はやっぱりいるんだと興奮した。それから十年以上が経ち、ようやく空への足掛かりを得た。フライトコースC、通称チャーリー。しかし、未だ一度も飛んでいない。今は飛行準備過程の真っ只中で、ひたすら座学が続いている。朝から晩まで休みなく引っ切り無しの勉強漬けだ。

陸は子供の頃から身体を動かすことが大好きで、雨が降っても外で遊んでいた。思い返してみても机に座って勉強したという記憶はほとんどない。自宅の勉強机もすぐに物置と化した。パイロットになりたいと決めてからも、実を言うと身を入れて勉強したことは一度もない。高校を卒業して航空学生になったあとも、体育はトップクラス、勉強は超低空飛行を続けてきた。

くそ、なんだかちっとも頭が回らない。視力はいいはずなのに教科書の文字が霞んで見える。第二種夏服。いわゆるカッターシャツの場合、着用が義務付けられている濃紺色のネクタイを気持ち緩めて小さく溜息をつくと、再び窓の外に目を向けた。その時、T－7が大空へ飛び立って行くのが見えた。一機、また一機と上がって行く。あれはブラボーだ。高岡速があの機体のどれかを操っている。

居酒屋てっしんでの一件以来、陸は時々速と会話をするようになっていた。陸は全く知らなかったが、速は自衛隊において超が付くほどの有名人だった。防大首席、成績は四年間常にトップ。交友会活動では剣道部を優勝に導き、国際士官候補生会議では名立たる国の士官候補生を束ねるリーダーとして議長を務めたのだそうだ。もちろんそんなこと、本人は言わない。というか込み入った話はしたことがない。廊下や食堂で擦れ違った時に交わす挨拶、その程度だ。それでも陸は嬉《うれ》しかった。体育以外の成績はからっきしダメの陸にとってみれば、速はまるで雲の上のような存在、いや、異星人にすら思える。しかし、そんな速と自分にも接点がある。お互いがパイロットを目指しているということだ。

俺も早くT－7に乗りたい。間近で空を感じたい。高岡さんと同じ目線に立ってみたい。じりじりと焦がれるような思いが全身を駆け巡る。

「坂上、失速の種類を上げてみろ」

突然、声をかけられた。陸は窓から目を離すと机に広げた教科書を見た。失速の種類……。沢山の文字が並んでいる。全機の空力特性。違う。このページじゃない。

「えーっとですね……」

なんとか時間を繋ごうとする。隣に座っている菜緒の手が伸びて来て、陸の教科書を素早くめくった。求める答えを見つけて椅子から立ち上がり、いざ答えようとした瞬間、

「お前、よくよそ見なんかしてられるな」

水田《みずた》教官が呆れた声を出した。空自には不似合いなほどの色白で、眉毛が薄く唇も薄い。

「はっきり言ってお前の成績は最低だ。墜落寸前だぞ」

バリトンのような張りのある声で、水田教官は「墜落」という言葉を強調した。

「学生が飛行適性の有無で課程免《かていめん》になるならともかく、飛ぶ前に学力不足でお役ご免になるなんて恥ずかしいとは思わんか」

課程免。お役ご免。即ちクビのことだ。

「思います……」

俯いて小さく答える。

「ならもっと危機感持てよ」

水田教官の声のトーンが跳ね上がった。

「はい……」

うな垂れて椅子に座る時、斜めうしろから小さく「バカが」と聞こえた。笹木だ。

「お前らもだぞ」

水田教官がチャーリーの面々を見渡す。

「どういうことでしょう」

笹木が不満を訴える。

「坂上の成績が悪いのは個人の努力が足りないからで、自分達は何も――」

「落第者が出るのはチームの恥だ。しっかり支えろよ。では次、耐空性の章」

見なくても分かる。笹木は今、物凄い目でこっちを睨んでいるに違いない。あ～あ。

空が飛びたいだけなのに、どうして勉強なんかしなくちゃいけないいんだろう。笹木が聞いたら呆れ返るようなことを陸はぼんやりと思った。

午後五時。朝から続いていた拷問がようやく終わり、チャーリーは揃って食堂に入った。陸は目の前のカツカレーを一心不乱に平らげていく。ビーフ、シーフード、ハンバーグに野菜、およそカレーと名の付くものは全て好きだ。毎日三食食べても飽きない自信がある。お代わりしようと席を立ち掛けた時、「まだ食うのかよ」と忌々しげな声がした。向かい側の席に座った笹木が、航空加給食のプリンをスプーンで掬《すく》って食べながらこっちを眺めている。

「せめて食欲でも失くせばちっとは可愛げもあんのによ」

「無理無理。常時ウザいくらい高出力、陸の辞書に落ち込むなんて言葉、あらへんわ」

「まぁね」

陸が笑うと笹木は露骨に嫌な顔をした。

「お前さ、二年間何やってたんだ？　一般大出の俺や長谷部が専門で躓《つまず》くってのはまだ道理が通る。でも、お前は航学だ。いかにお前が適当に過ごして来たかってことだよな」

「適当になんか過ごしてませんよ」

あの悪夢のような二年間を適当だなんて言われるのは心外だ。しかし、笹木は聞く耳を持たない。

「うるせぇよ。お代わりする時間があったらとっとと部屋に帰って勉強しろ。お前のせいで教官やブラボーの連中から同族扱いされるなんて、冗談じゃねぇからな」

笹木はブラボーという言葉にことさら力を込めた。

笹木は最近、ことあるごとに高岡速の話をする。何をするにつけても「高岡は」、「高岡なら」とくっ付ける。必ず学生が書くことになっている「まんが帳」というものがある。言うなれば教官との交換ノートのようなものだ。笹木は「まんが帳」が棚に戻ってくる度、真っ先に速のページを開いて読む。そして決まって「やっぱり高岡は」と感心する。腕立て伏せをしたとか、この食事が美味かったとか、そんな他愛の無い程度のものですら、だ。その変化には長谷部も驚いていた。

「そういや航学の後輩から聞いたんやけど、高岡速って私塾を開いてるそうやな。雲に乗るなんちゃらって」

「『雲乗疾飛《うんじようしつぴ》の会』だ」

初めて聞いた。陸が「何それ」という顔をすると、「吉田松陰《よしだしよういん》の松下村塾とか緒方洪庵《おがたこうあん》の適塾みたいなものですよ」と長谷部が説明してくれた。そう言われても何のことだかさっぱり分からない。要するに何かの勉強会のようなものなのだろう。

「笹木さんもそこで勉強してるんですか」

「バカ。俺は講師だ」

「講師？」

「高岡からどうしてもって頼まれりゃ嫌とは言えんだろう」

笹木が足のみならず腕も組む。陸は僅かな好奇心が一気に萎《しぼ》むのを感じた。こんな男が講師の塾なんて、とてもじゃないが行きたいとは思わない。陸がプリンに手を伸ばすと、笹木がそれを奪った。

「何すんですか！」

「俺に恥かかせんなって。天神様はさっさと教科書でも広げてろ」

ほんとにいちいち煩《うるさ》い奴だ。しかもいつの間にか変な仇名まで付けてるし……。

「その天神様って止めて下さい」

「いいじゃねぇか。頭からっぽな感じでお前にぴったりだ」

陸は立ち上がると笹木に向かって手を伸ばした。しかし、笹木は陸を無視してプリンの蓋を剝がすと、スプーンを突っ込んで食べ始めた。

「あっ！」

俺のプリン……。怒りが込み上げてくる。

「ほら」

菜緒がテーブルを滑らせて自分のプリンを陸の方へ送った。

「神様にお供えや。ご利益あるとええなぁ」

「貴女には奇跡を、こっちの方には天罰を」

笹木が陸を睨みつける。

「長谷部、こいつのことちゃんと見張っとけよ」

学生隊舎は二人一組の相部屋だ。14号室に陸と長谷部、笹木と光次郎が隣の13号室にいる。ちなみに菜緒は今も航学時代と同じ女子隊舎で寝起きしている。

「これ食べたら私も部屋に戻ります」

長谷部に頷いて、陸はトレイに皿を乗せて洗い場の方へ向かった。

その途中、「坂上」と名前を呼ばれて立ち止まった。辺りを見回す。主任教官の高橋が食堂の入り口で手招きをしているのが見えた。

「話がある」

話。ドクンと心臓が高鳴る。ふと家族の顔が頭に浮かんだ。走馬灯って死ぬ前に見るというが、そんなこともないんだな。陸はトレイを洗い場の棚に置くと、高橋のあとに付いて食堂を出て行った。

ほとんど足を踏み入れたことのない教官室は、思いのほか片付いていた。当直用のベッドも事務机の上もきちんと整頓されている。きっと学生に対する示しもあるのだろう。高橋の他には誰もいない部屋の中を見回して、陸はそんなことを思った。

「まぁ座れ」

事務机とセットになっている回転椅子に座った高橋が、直立している陸に別の椅子を差し出した。その瞬間、陸は覚悟を決めた。デビルとして恐れられていた高橋が、椅子を差し出すなんて考えられない。クビはどうやら間違いなさそうだ。陸は心のどこかにあった淡い期待をその瞬間完全に捨てた。

「今夜中に部屋の荷物を整理します……」

「なんでだ」

なんでって……。どこまで残酷なんだろう、この悪魔は。

「課程免だから……」

「お前、辞めたいのか」

ブルブルと首を振った。そんなはずがあるわけない。高橋が机の引き出しを開けて、中からクリアファイルを取り出した。分かってる。成績表だ。でも、今更そんなもの見たくない。

「テレビ局の企画書なんだけどな」

「――え？」

テレビ局の企画書……。話が全く分からない。

「じゃあ俺、課程免じゃないんですね」

「そうして欲しけりゃいつでもしてやる。生殺与奪は俺が握っているんだからな」

高橋の目が妖《あや》しく光った。

「すみませんすみません」

陸は慌てて頭を下げた。

「タイトルはここに書いてある。『密着　親子三代で大空を目指す　ファイター・パイロットへの道』だそうだ」

企画書の表紙を見ると、そこには濃い太字で確かに『親子三代』と書かれている。

「どこで調べたのか知らんが、お前を取材させてくれと言ってきた」

祖父の一八郎はもとより、父の護《まもる》もF－15のパイロットであり、ブルーインパルスの隊長を務めたこともある。陸がウイングマークを獲得すれば、航空自衛隊でも珍しい三代続けてのパイロット誕生となる。

「お前には事後承諾で申し訳ないが、この話、断わった」

そう言われても別に驚きはしなかった。「だろうな」と思っただけだ。

「お前は今大事な時期だ。勉強に差し支えてもいかんしな」

なるほど、そういう理由にしたのか。

「よかったです。取材とか面倒くさいっスから」

陸が笑って答えると、高橋は「そうか」と言ってファイルを閉じた。

「話は以上だ」

一礼して教官室をあとにする。陸はそのまま誰もいない廊下を歩き出した。玄関で靴を履いて外へ出ると、やけに外が明るいと感じた。空を見上げると満月だった。丸い月が夜空に皓々《こうこう》と輝いている。しかし、陸はすぐに視線を外した。いつもなら美しい満月をしばらく眺めていたはずだが、今はそんな気分ではなかった。

高橋がテレビ局の取材を断わった理由、あれは嘘だ。多分上層部、防衛省が許可しなかったに違いない。陸の父、護が関わった十二年前の航空機事故。あれが今でもずっと尾を引いているのだ。いや、引いているのは組織だけじゃない。家族も、そして陸自身、心の奥底にずっとそのことがある。普段は表に出ないが、それは決して癒えることのない深い傷跡として息づいている。

最低の親父……。

繰り返される思いを振り払うようにして陸は隊舎へと続く道を歩く。満月が陸の影をくっきりと地面に映し出していた。

2

その日、ブラボーは午後の訓練飛行を終えて飛行教育群の一階にあるブリーフィングルームに集まっていた。部屋の中には五つの机。その机を挟むように、向かい合わせで椅子が置かれている。皆黙ったまま、椅子に座って教官を待っていた。喋らない理由は一つ。これから検定飛行の合否が発表されるのだ。本日の担当教官五人が現れた。

「起立」

速の号令でブラボーが一斉に立ち上がる。それぞれの担当教官が学生の向かいに立った。

「お願いします」

それぞれが教官に頭を下げ、教官が椅子に座ったところで席に着く。速の前には高橋がいた。

「検定飛行の結果だが」

高橋がチェックシートを眺めながら勿体をつける。速は微動だにせずあとの言葉を待った。

「合格だ。次回からソロ・フライトに移る」

「はい」

速が答えたのはそれだけだ。別に何の感慨もない。教官の手順を見て完璧にマスターしていた。だから、合格することは分かっていた。大澤も真崎も岡田も吉村も手を叩いて喜びあっている。全員合格したのだろう。

「お前、嬉しくないのか。自分で空を飛べるんだぞ」

嬉しい？　何がだ。自分の目標はもっとずっと先にある。幼い自分と母を残して何処《どこ》かへ消えた父。そんな父に代わって懸命に働いてくれた母を、速はずっと守りたかった。

大きくなりたい、力が欲しい。その想いはやがてこの国を守るという理想に育っていった。ファイター・パイロットになったその時が、自分の喜ぶべき時だ。

「私の点数はどれくらいでしたでしょうか」

気になることだけを聞いた。

「ほぼパーフェクトだ。しいてあげれば姿勢かな」

そんなことはない。姿勢は完璧だったはずだ。

「なんだその顔、不服か」

「いえ。ただ、どこら辺が問題だったのか教えていただければ助かります。今後の参考になりますので」

「今日は西風が強くて結構流されたろう。それでもお前は最後までとことん姿勢にこだわった」

それのどこがいけないのだ？　計器を見つめ、常に安定した姿勢を保ち続ける。それはパイロットの鉄則の一つだろう。

「自然を自分に合わせるな。自分が自然に合うようにしろということだ」

「臨機応変さが足りないということでしょうか」

速が答えると高橋はニヤリと笑った。

「まぁいいさ。今は許容範囲だ」

高橋は席を立った。そしてひとしきり騒ぐブラボーに向かって、

「お前ら、しっかりと飛行計画を練れよ。もう甘えは許されんぞ」

そう大声で怒鳴ると他の教官達と一緒にブリーフィングルームから出て行った。

「くそ……」

速は噛み締めるように呟いた。

そのあと、ブラボーは揃って風呂に向かった。基地の中にある風呂は隊員浴場と呼ばれ、やはり他の建物と同様淡い緑色一色に塗られている。防府北基地の隊員浴場は最近改装が済んだらしく、脱衣所も浴場も真新しくてピカピカだった。四年間浸かって来た防大の浴場とは大違いである。だが、そんなことは速になんの感慨も与えない。さっき高橋に言われた言葉、そしてざらついた気分は湯船に浸かっても中々抜けなかった。

ワイワイと騒ぐ他の連中から離れ、速は湯船の角で両肩を縁に乗せて目を閉じた。頭の中に今日の検定の手順やルートを思い浮かべる。これまでに何度もこうしてイメージトレーニングを繰り返して来た。手順や操作に関してはもはや間違えることなど万に一つもない。

しかし、自然は刻々と変化する。

何が今は許容範囲だ……。速は頭の中で、今日の風速だった7ノットを10ノットに上げてイメージした。早速T－7が小刻みに振動する。操縦桿が震える。真正面から風の

影響を受け過ぎている。ルートを西よりにずらすか、それとも高度を安定した気流にまで上げるか。考えている内に機体がますます震え出す。異常振動が起きる。

「セトウチ931高岡、防府タワー、応答せよ」

「ゴーアヘッド」

「原因不明の振動が発生」

キャノピーの中が白く霞み出した。

「コクピットスモークだ。外がよく見えない」

だんだん苦しくなってきた。呼吸が上手く出来ない。

「931高岡、防府タワー、高度に気をつけろ。現在1900フィート。このままでは墜落する可能性がある」

墜落――。

突然、霞んだキャノピー越しに別の機体が見えた。T－4だ。T－4が自分と並走している。なんでT－4がここに……。呆然と見つめていると、いきなりT－4が加速して飛び去って行く。途端、速の機体がガクンと傾いた。

落ちる！

目を開けると、蛍光灯の明かりと覗き込んでいるブラボーの顔があった。

「良かった……」

吉村がホッとしたように床に座り込んだ。辺りを見る。脱衣所だった。床に裸で横たわり、下半身にはタオルが掛けられている。今一つ自分の置かれている状況が分からない。

「俺は……」

「土佐衛門《どざえもん》になりかけてた」

呆れ顔をした収二郎が言った。

「土佐衛門……」

「気がついたら風呂の中にこうやって沈んでたんだ」

真崎がその時の様子をジェスチャーで見せる。

「俺が気付かなかったら、お前ヤバかったぞ」

収二郎は感謝しろと言わんばかりだ。

何時の間にか、今日のフライトと昔読んだ交信記録がクロスしたようだ。どうしてそうなったのかは分からないが、やけにリアルな感じだった……。

「集中力が高過ぎるってのも良し悪しだな。逆上《のぼ》せてんのが分からないんだから」

収二郎の言葉には顕《あきら》かに嫌味が混じっている。

速は上体を起こした。少し酸欠を起こしたのだろう。頭が重い。

「無理すんなって。今夜の会は俺が代わりに仕切ってやるから」

お前の狙いは分かってる。会に参加している航学の女子をものにしたいだけだ。

「大丈夫だ」

支えようとする吉村の手を借りず、速はゆっくりと立ち上がった。


飛行教育群二階にある小会議室。速の立ち上げた『雲乗疾飛の会』は毎週金曜日の夜、一時間半の勉強会を開いている。最初のきっかけは高橋だった。速に防大のことを話してくれないかと相談を持ち掛けたのだ。航学の生徒達を井の中の蛙《かわず》にしたくないという親心からなのだろう。無駄な時間は極力過ごしたくはなかったが、いずれパイロットになる卵達と議論を交わすのも何かの役に立つだろうと考え、速はその申し出を受けた。

講演に集まったのは十人ほどの航空学生、速は彼らに向かって自分が考える航空自衛隊の理想を話した。話し終えたあと、それまで黙って聞いていた学生達から質問が相次いだ。大幅に約束の時間はオーバーしたが、速はそれに一つひとつ簡潔に答えた。やがて、学生有志がもう一度速と話がしたいと高橋に申し込み、それを学校側も了承して、自然発生的に勉強会が生まれたのである。今ではその数も三十人に届くほどの勢いだ。

速は常にそういう星の下にいた。自分が望む望まざるにかかわらず、気が付いたら円の中心におり、一座のリーダーとして収まっている。まるでそこが一番自然なポジションのように。そして、誰もがそれを自然なことと受け止めた。自分でもこの現象を不思議だとは思う。しかし、敢《あ》えて逆らおうとは思わない。その状態において最もバランスが取れているのであれば、それを崩すことは理不尽だ。努力と進歩。速はそう思って生きて来たし、これからもそうやって生きていこうと思っている。

「――今日はここまでにしよう。次回のテーマは専守防衛。ファイター・パイロットの役割についてさらに突っ込んだ話をする。それぞれ意見を整えてくるように」

速は一礼すると小会議室を出た。まだ足元がふらつく。まるで雲の上に立っているようなふわふわした感覚だ。速は足元に感覚を集中させ、一歩一歩廊下を踏みしめるようにして歩いた。

「ちょっといいかな」

背中から声が追って来た。それがチャーリーの笹木だということはすぐに分かった。どこで聞いたのか、二週間ほど前にこの会に参加させて欲しいと願い出て来たのだ。

「どうかしたか」

今は立ち止まるのも面倒だったが、無視するわけにもいくまい。それに、笹木には尋ねたいこともあった。振り向いた自分に向けられた憧れの眼差し。こんな目で見られるのはもう馴れっこだ。

「いや……あのさ、今日の話も良かったって……それだけ伝えたくて」

今日の話の中の一体何に感動したのか、速にはよく分からない。それは敢えて聞かないでおこう。

「それはよかった」

「じ、じゃあ」

笹木はぎこちなく回れ右をして立ち去ろうとした。

「一つ聞いていいか」

まさか速の方から呼び止められるとは思っていなかったのだろう。笹木が全身に喜びと緊張を漲《みなぎ》らせる。

「もちろんさ。なんでも聞いてくれ」

「坂上のことなんだが」

「坂上って……坂上陸？」

笹木の顔にはあからさまに困惑した色が浮かんだ。

「どうかしたか」

「アイツはただのバカだ」

「バカ？」

「勉強が出来ない。努力もしない。教官達からは墜落寸前だって言われてる」

速は陸の顔を思い浮かべた。いつもふんわりと笑っている印象しかない。今日も見かけたが、とても切羽詰まっているような感じには見えなかった。

「それに妄想癖がある。でも俺はあんな奴とは違う。チャーリーだからって一緒だとは思わないで欲しい」

妄想癖があるのはお前だろう。速はそう思ったが口には出さないでおいた。

「他には」

「他っていうと」

「例えば家族とか」

笹木が考え込む。その様子を見て、ふと自分は何をしているんだろうと思った。聞きたいなら本人に尋ねればいいのだ。他人に教えてもらおうなんて姑息《こそく》なことは性に合わないはずじゃなかったか。

「いやいい。忘れてくれ」

速は踵を返して歩き出した。

「坂上の祖父《じい》さんも親父もパイロットだ」

速の足が止まった。

「ほんとうか」

振り向いて笹木に問いかける。

「確かそう……。同期の大安って女が言ってた。坂上がパイロットになったら空自でも珍しい三代目になるとかどうとかって」

これで繋がった。この前、教官室に資料を届けに行った際、高橋と陸が話をしている場面に出くわした。詳しいことまでは分からなかったが、テレビの取材がどうこうということだけは聞こえた。そうか、坂上陸の祖父も父親もパイロットなのか。

坂上……。

――ハッとなった。確か十二年前の事故の際、教官機に乗っていたパイロットの名前も坂上ではなかったか？

「あの、高岡……」

物思いに耽《ふけ》る速に恐る恐る笹木が声をかけた。

「なんか具合でも」

「なんでもない。俺が坂上のことを尋ねたのは、本人には黙っていてくれ」

それを速との約束だと受け取ったのだろう。顔を輝かせて笹木が頷く。

心臓の鼓動が早い。それを笹木に気付かれないように、速は再び廊下を歩き出した。

速はグラウンドのベンチに向かうと側に自転車を立て掛け、慣れた手付きでスマートフォンを操作し始めた。だが、一向に繋がらない。防府基地の中は受信感度が極端に悪い場所があると教官に聞いたことがある。もしかするとここもそうなのかもしれない。せっかく誰もいない場所に出て来たのに、繋がらなければ意味がない。

「早くしてくれ……」

スマートフォンに向かって呼びかける。訓練生は携帯電話の使用時間が限られている。一日の内、夕食後から就寝までのたった三十分のみだ。それ以外は携帯電話を教官に預けておかなければならない。もう一度最初からやり直そうかと考えていたら、ふいに着信が入った。相手は――まさに今、速が電話を掛けていた相手だ。

「もしもし」

「元気そうだね」

落ち着いた優しいトーンの声が返って来た。その声を聞いた途端、常に変わらない速の表情が緩んだ。相手の名前は出石聡里《いずしさとり》、速の幼馴染み、そして婚約者だ。

「なかなか連絡出来なくてすまん」

「いいよ。大変なのは知ってるから」

本当は寂しいんだと思う。しかし、文句一つ言わずに思いやりの言葉を口にする。聡里は昔からそういう女だ。速は聡里のそういうところが好きだった。

「毎日飛んでるの」

「あぁ」

「どんどん近付いてるね」

「そうだな」

大学を卒業したらファイター・パイロットへの道に進む。そのことは早い段階から聡里に伝えてあった。しかし、防府、芦屋、浜松を転々とし、獲得までに約二年半という時間がかかることは話していなかった。暫く会えなくなるという話を切り出した時、聡里は微笑みを崩さず頷いた。不満など一つも言わず、「待ってる」という言葉さえ使わなかった。まるで当たり前だというように。そのいじらしさに速は街中であるにもかかわらず、聡里の細い身体を抱き締めた。今もあの時の感情と情景は一緒になって心に焼き付いている。

「最近、お袋には会ったか」

聡里と速の母親、芙美《ふみ》は仲良しだ。速がいるいないにかかわらず、一緒に買い物をしたりご飯を食べたりしている。これは婚約する前からそうだった。小児科の開業医を続けながら女手一つで速を育てた芙美を、聡里は心から尊敬し慕ってくれている。芙美もまた、速が愛した聡里を本当の娘のように可愛がっている。速からすれば、時々そっちのけにされている感じがしなくもなかったが、それもまた居心地がよかった。

「速」

ふいに芙美の声がした。

「なんだ、一緒だったのか」

「なんだとは何よ、ちっとも連絡もしないで。大事な婚約者に申し訳ないと思わないの。

それとお母さんにも」

　酔ってるな……。聡里と違って母親の芙美は思ったことをストレートに口にする。案外正反対の性格だからこそ二人の相性はいいのかもしれない。

「今どこ」

「家よ。聡《さと》ちゃんが掃除しに来てくれたの」

　芙美は診察で忙しい。頼まれれば休みの日でも夜中でも病院を開ける。だから、どうしても家のことはおろそかになる。速は子供の頃から炊事、洗濯などの家事をした。芙美を喜ばせたいという思いももちろんあったが、速がしなければ家の中は汚れていく一方で、やむに止まれず覚えたというのが真相だ。速が防府基地に来てからは、聡里が時々手伝いに行ってくれていた。

　速は腕時計を見た。時刻は携帯を使える期限に迫っている。

「お袋、ちょっと俺の部屋に行ってくれないか」

「どうしたの」

「探して欲しいものがあるんだ」

　電話の向こうで椅子を引く音、スリッパで床を歩く音が聞こえる。

「何を探せばいいの」

「右の本棚、下の方に新聞記事のスクラップがあるだろ。その辺りに青いファイルがないか」

「ちょっと待ってよ。青いファイル青いファイル……」

「航空機事故一覧と表題が付けてある」

直ぐに「これじゃないですか」と聡里の声がした。

「聡ちゃんが見つけてくれたわよ。さっすがぁ」

キャッキャッと女同士ではしゃぐ声。いいから。時間がないんだ。

「そこから浜松基地の事故を見つけてくれ」

「私、今眼鏡持ってないから聡ちゃんに代わるね」

「浜松基地の事故ね、えっとこれかな、『練習機、訓練中に事故』」

「それだ。事故を起こした訓練機の教官の名前、分かるか」

「えーっと……坂上、下の名前、護って書いてこれ何て読むんだろう」

坂上——。やはりそうか。

居酒屋で陸と初めて会った時から、坂上という名前がなんとなく引っ掛かっていた。これで防大時代、防衛研究所の資料室で偶然目にした交信記録と繋がった。坂上護と坂上陸、全くの赤の他人かもしれないが、陸の父親がパイロットならば肉親という可能性は十分にある。

腕時計が九時を指した。自衛隊はいかなる場合でも時間厳守、命令厳守が求められる。

「聡里、ありがとう。また連絡する」

速はそう言うと一方的に電話を切った。自転車にまたがって隊舎の方へ走り出す。夏の温《ぬる》い夜風を全身に浴びながら、速は陸の顔を思い浮かべた。あんな風に無邪気に笑える男が、果たして事故を起こした教官の息子なのだろうか。

3

「陸くん、まだ休みませんか?」

午後十一時四十分。一つの部屋を薄いスレート一枚で隔てた向こうから長谷部の間延びした声がする。

「もう少し」

「分かりました。じゃあお先に……」

明かりが消され、ものの一分もしない内に長谷部の寝息が聞こえてきた。一般大学から自衛隊という特殊な環境にやって来て、これまでやったことのない勉強をし、そして連日陸の家庭教師をやってくれているのだ。疲れないはずはない。

最初は頼り無い人だと思った。正直、この世界に向いてないとも……。でも、長谷部には人を包み込むような包容力がある。困っている人を助けようという優しさがある。

それは国を守る仕事に就く者にとって大事な資質だと思う。

一時間後、なんとか今日のノルマを終えた。明日はまた朝の六時起きだ。ダメだ、猛烈に眠い。教科書を棚に戻していたら、下から青いバインダーが現れた。「まんが帳」だ。自分の番だということをすっかり忘れていた。どうしようかと迷ったが、ここで止めてしまうとまた笹木が怒り出すのは目に見えている。陸は大きく背伸びをすると、あらためて椅子に座り直して「まんが帳」を開いた。

「まんが帳」なんて今どき小学生でも付けないタイトルだと思う。しかし、これが学生の間で脈々と続く伝統なのだ。いつ、誰が始めたのか、ルーツがどこら辺にあるのか詳しいことは教官達も知らない。ただ、高橋も書いたことがあると言っていたから、相当昔からあるのは確かだ。中身は学生の自己紹介から始まり、日々の暮らしや悩み喜びが、図解入りで赤裸々に綴《つづ》られている。

陸はパラパラとページをめくった。そこには今年の初めに防府基地に入校し、既に次の訓練地である芦屋基地へと旅立っていったアルファと、目下初級操縦課程のブラボー、そしてチャーリーの画日記が数枚ある。字が汚くて読み辛かったり、画が下手くそ過ぎて逆に笑えたりと本当に様々だ。しかもそこに教官の辛辣なコメントが赤字で書き込まれていたりする。

陸は無意識に速のページを探していた。以前書いたものは全て見ていたが、もしかすると新しいページが足されているかもしれない。

「あった……」

速が書いたものはすぐに分かる。まるで印刷のような手書き文字が、僅かの乱れもなく整然と並んでいるからだ。初めてそれを目にした時、まるで美しいデザイン画のように感じた。

速の記事が追加されている。陸はスタンドを引き寄せてそれを読み始めた。内容は考えごとをしていて風呂で溺れてしまったというものだった。

【——いつの間にか本日の検定飛行のイメージと、昔記事を読んだことのある別のフライトのイメージがシンクロして、気が付けば脱衣場の床の上に転がされていた】

バカバカしい話なのだが、やっぱりなんだか感心してしまう。そこまでの集中力は死ぬまで自分には身に付きそうもないからだ。ちなみに教官のコメントは「溺死とか勘弁ね」と一言。陸は思わずツボに嵌って吹き出した。


「で、なんでパフェなんだよ」

笹木の声が店内中に響き渡る。数人のカップルが何ごとかとこっちを見た。

「声が大きいですよ」

長谷部がたしなめるが、笹木の苛立《いらだ》ちはそれを抑えられない。天井には大きなシャンデリア、壁には沢山の絵画が飾られている。とても落ち着いた大人の雰囲気のする店内だ。しかし、目の前の白いテーブルにはパフェがある。しかも、イチゴ付き。笹木は怒りを込めた目で向かいに座った陸を睨むと、もう一度「なんでパフェなんだ」と怒鳴った。

「なんでって……エトワルのパフェ、絶品だから」

「ふざけんな！」

笹木がテーブルを叩く。グラリとパフェが揺れて倒れそうになるのを、陸は素早い反応で摑んだ。

「俺はな、初級操縦課程に進むことになった御祝いだって言うから、会を休んでまで来たんだぞ。それがなんだ、みんなでパフェつつくなんて今時の女子中学生だってやらんようなことを——」

「ウチはやったで」

菜緒と光次郎が一つずつパフェを手に持って現れた。

「遅かったな」

「だって菜緒が」

「渋滞に引っ掛かったんや」

強引に光次郎の言葉を遮る。

「あれ。菜緒さん、もしかして身だしなみに時間がかかったのでは」

長谷部が菜緒に微笑みかける。

「どういうことですか」

「陸くん、分かりませんか。菜緒さんの感じ」

菜緒をじっと見る。う～ん。なんだろう。

「化粧されてるじゃないですか」

「え？」

「ジロジロ見んな」

「菜緒さん、そのシャツにキュロット、とてもお似合いです。そのサンダルも女の子っぽくて素敵です」

菜緒が陸達とは通路を挟んで隣のテーブルに座った。文句も言わず黙っているところをみると、結構嬉しいのかもしれない。

「長谷部さんって……キョロットとか、よく知ってますね」

「キュロットです」

長谷部はバッグから何やら取り出した。それは茶色い手帳サイズのアルバムだ。

「これ、私の妻と娘です。妻は典子《のりこ》、娘は空に美しいと書いて『くみ』って読みます」

驚いた。長谷部さん、結婚してたんだ。言われてみれば確かに落ち着いた雰囲気はするもんな。陸と菜緒と光次郎が同時にアルバムを覗き込む。奥さんが小さな幼子を抱っこして幸せそうに微笑んでいる。

「ウワ、嫁、めっちゃ美人やん」

「空美《くみ》ちゃんは長谷部さん似だ。目元そっくり」

長谷部は照れ笑いを浮かべながら「そうですかぁ」を連発した。

「笹木さん、知ってたんですか」

「同期だからな」

「教えてくれればよかったのに」

「個人情報をいちいちばらせるかっての」

個人情報って、そんな大それたもんじゃないだろうに。

「高岡速のことは聞いてもないのにベラベラ喋るくせして」

「それとこれとは――」

「どうでもええわ。パフェ溶ける」

笹木は怒りのやり場を持っていけずに口をパクパクさせた。陸は見つからないように顔を隠して笑った。

二つ目のパフェを食べ始めたところで、陸は気になっていることを笹木に尋ねた。

『雲乗疾飛の会』のことだ。最近、陸が可愛がっていた航学の後輩も通い始めたと噂で聞いていた。

「お前なんかに言っても分かんねぇよ」

にべもない答えが返ってくる。

「そんなこと言わずに教えて下さいよ」

「私も聞きたいです」

長谷部も笹木を見つめる。

「勿体《もったい》つけんとはよ言い」

皆、心のどこかで会のことが気になっていたようだ。

「例えば、これから五十年先の航空自衛隊の在り方とかを話してる。アメリカやロシア、中国の展開、それに対する我が国の防衛体制、どんな組織にすればスムーズに運用出来るかとか、パイロットはどんな人材が求められるかとか、大体そんな感じだ」

「機体の性能とかは」

光次郎が珍しく食いつく。

「それもある。次期購入検討中のF‐35のこととか」

「マジで。菱形翼《りょうけいよく》がステルス性に適しているとか、平面形の全遊動式水平尾翼《ぜんゆうどうしきすいへいびよく》の特性とか、境界層分離板《きょうかいそうぶんりばん》が存在しないとか――」

「あぁまぁ、大体そんなとこだ」

正直、ちょっと驚いた。会と言っても何かのクラブ程度にしか考えていなかったから。

まさか、そんな真面目な話をしていたなんて。

「とにかく、高岡だ。あいつはスゲェよ。マジで。俺は二十三年生きてきて、他人をスゲェと思ったことなんか一度もなかった。でも、高岡はスゲェ。ホンモノだ。同い歳なのにな。あいつの前に出るとなんか自然に頭が下がるっていうかさ」

笹木が熱に浮かされたように喋る。プライドが高く、本人が言うように決して他人のことを認めるようなタイプではない。そんな笹木をここまで心酔させるなんて余程のことだと思う。陸は長谷部を助けた時に見せた速の力強い目を、顔を思い浮かべた。

「俺も今度、高岡さんの話聞きに行こうかな」

「お前が……」

ふいに笹木が怪訝《けげん》な顔になった。

「なんで」

「なんとなく。別に理由はないです」

そう、特に理由はない。運用とか体制とか性能とかも特別興味があるわけじゃない。ただ、どうして速がファイター・パイロットを志すようになったのか、そこにだけは興味があった。

「お前さ、なんか高岡と個人的に繋がりでもあるのか」

「は？」

どういう意味だ。陸は首を傾げた。

「やっぱダメだ」

「ダメって……」

「高岡はお前に会いたいとは思わない」

「なんで笹木さんにそんなことが分かるんです」

「あいつはバカが嫌いだ」

あぁそうですか。笹木に尋ねたのが間違いだった。陸はそれ以上話すのを止めてスプーンでパフェを掬った。


週が明けての月曜日、今日はチャーリーが揃ってT－7に搭乗して空に上がる記念日だ。救命装備室で飛行服の上に装具を付ける。もうそれだけで気持ちが高揚する。立振舞いまでが違ってくるように思える。陸は気合いを込めてCADET帽を深く被ると、颯爽《さっそう》と外に飛び出した。

駐機場に向かう道すがら、丁度フライトを終えて戻って来るブラボーと出くわした。

「高岡、お疲れっ！」

笹木が速に向かって大声で挨拶をする。速は軽く頷くと陸の方に近付いた。

「これから初飛行か」

「はい」

「担当教官は誰だ」

「高橋教官です」

途端に「うわ、デビだって」、「マジかよ」、「お気の毒様」。ブラボーからそんな声が上がる。高橋との付き合いはブラボーより航学出身の陸の方が長い。言われなくても大体の予想はついている。

「体験搭乗だからってぼんやり景色を眺めるな。教官の操縦や管制とのやり取り、離着陸のタイミングなんかをしっかり見ておけ。全部盗んで自分のモノにするんだ」

フライトをする度にブリーフィングルームの壁には成績表が張り出される。秀・優・良・可・不可の五段階。それらはすべて色分けされ、上から順に黒・青・緑・黄・ピンクとなっている。陸は速の成績が常に黒か青であることを知っている。混じってもたまに緑が入るくらい。当然、ブラボーの中ではトップの成績だ。

なるほど。最初の体験搭乗から盗む意識を持っていたからあんな成績が取れるんだ。陸は速のアドバイスの中に、トップを走る者の気合いのようなものを感じた。

「そうします」

「それから、今度会に出てみないか」

「いいんですか？」

チラリと笹木の方を見た。なんだか凄い目をして高速で首を振っている。

「俺、頭悪いですけど……」

「それがどうした」

「バカは嫌いだって」

ふいに速が笑い出した。高岡さんも笑うんだ。陸はなんだかポカンとして速を見つめた。

「金曜日、待ってるぞ」

速は軽く片手を上げると、そのまま救命装備室の方へ歩いて行く。陸は呆然とそのうしろ姿を見送った。

「このっ！」

いきなり尻を蹴られてつんのめった。笹木が肩を怒らせてとっとと歩いていくのが見えた。

駐機場に出ると機体が見えた。ズラリと並んでいるのはT－7、航空自衛隊の初等練習機である。パイロットを目指す者が最初に操縦を覚える機体、それがこのT－7なのだ。白をベースにした機体には赤いラインとオレンジのラインが走っている。羽と胴体には二箇所、赤い丸がペイントされている。さすがは国産機、日の丸をイメージしているのは一目瞭然だ。乗員は二名、全長8・59m、全幅10・04m、全高2・96m、出力450hp。富士重工業製造のプロペラ機。

一つ　T－7により、有視界飛行及び計器飛行の基本操縦法を習得させる。

二つ　操縦者としての資質を養う。

初級操縦課程では、「空を飛ぶ」ことよりもまず「空に馴れる」ことが第一の目的とされる。そのため、ジェット推進力で飛ぶT－4ではなく、プロペラ推進力で飛ぶ速度の遅いT－7が使用されるのだ。

「初めて見た時から思ってたんだけどさ、T－7ってなんか救急車に似てない？」

さっぱり分からないという顔をして全員が陸を見つめる。

「似てないか……」

「あー、この燃料の匂い。なんて芳しい」

今度は光次郎が叫ぶ。

「どこが」

笹木が冷たく呟く。確かに陸も芳しいという感覚はさっぱり分からない。

「それぞれでいいじゃないですか。チャーリーは個性派揃いというのがウリですので」

「たんにバラバラっていう気もするけどな」

菜緒の言葉を受けてか、そうでないかは分からない。

「皆さん、いよいよですね」

そう言って長谷部が右手を差し出した。

「なんの真似だ」

「分かってるやろ」

笹木をひと睨みしつつ、菜緒が長谷部の右手に自分の手を置いた。陸はT－7に夢中の光次郎の腕を摑んでその上に乗せる。そして自分の手を重ねた。

「笹木くんも」

長谷部が促す。

「俺はいい」

「ごちゃごちゃ言わんと早《は》よせいや」

菜緒が強引に笹木の手を握って上に乗せた。

「チャーリー、GO！ でいきますよ」

「イヤだ、俺はイヤだ。そんな高校球児みたいな恥ずかしいこと、したくない！」

「せーの、チャーリー、GO！」

長谷部の音頭で一斉に重ねた手を振り上げた。凄い。なんだか心臓が跳ね回ってる。

なんかチャーリーって想像してたよりいいかもしれない。


「坂上、覚悟はいいか」

前席に座った高橋の声がヘッドホンを通してびんびん響く。

陸と高橋が乗ったT－7は滑走路に入り、離陸の許可を待っていた。

「セトウチ914、防府タワー、ウインド・ツー・ワン・ゼロ・アット・ファイブ。ランウェイ・スリー・ゼロ、クリアド・フォー・テイクオフ」

防府タワーから離陸許可が下りた。どんと来いだ。と言いたいところだが、もちろんそんなことは口にしない。

「よろしくお願いします」

ストレートに答えた。

「じゃあいくぞ」

一気にエンジンの回転音が上がる。風が自分のうしろへと通り過ぎて行く。

うっひゃ～。機体が地面と空中で迷っている感じがはっきりと分かる。飛ぶぞ、飛ぶぞ、飛ぶぞ。そう言ってるみたいだ。フワリと抵抗が消えた。全面透明のキャノピー越しに四方八方から世界が広がっていく。小学校三年生の時に一度だけ家族で東京へ旅行した。その時に乗ったジャンボジェット機、あの時窓から見た世界と今とは何もかもが違う。これまでに味わったことのないダイレクトな空。地上に縛られた殻を全部脱ぎ捨てた、そんな感じがする。街が小さくなっていく。高度がさらに上がった。雲の塊がすぐそこに見える。手を伸ばすと触れられる距離だ。

これが〝天神〟の棲《す》む空……。

陸の目は少年のように輝いた。

4

その夜遅く――。

陸は一人、防府基地の草むらにいた。この時間でも気温は一向に下がらない。温い風が汗ばんだ身体の合間を吹き抜けて行く。ここからだと滑走路が一望出来る。陸は以前から寝付けない夜、隊舎を抜け出してここに来た。ここは基地内を巡回する警備小隊も滅多にやって来ない。静かで、広くて、滑走路特有の焼けたゴムの臭いがする。物思いするにはぴったりの場所だった。

格納庫では照明灯を煌々《こうこう》と焚いて、整備員達がT－7の機体を整備しているのが見える。

一機は完全にバラしてオーバーホール中、二機は主翼、尾翼が取り外されている。どの機体もブラボーが、そしてチャーリーが乗る機体。整備士達は事故の無いよう、夜を徹して整備をしてくれている。偏《ひとえ》にパイロットのために。

なんで他人が空を飛ぶことにあんなに頑張れるんだろう。油まみれになって働く整備士の気持ちが陸にはよく分からない。空は自分で飛んでこそ空だ。地上から見上げるだけの空なんてつまらない。

……ガサリと草を踏む音がして息を呑んだ。

おかしい、この時間、警備小隊のパトロール区域はここじゃないはずなのに。身を低く屈めたまま、頭は目まぐるしく動く。もちろん、捕まった時の言い訳だ。チャーリーの連帯責任などになったら笹木から何を言われるか分からない。

「誰だ」

見つかった……。警備小隊は武器を持っている。間違っても逃げることは出来ない。陸は立ち上がると声のした方に素直に頭を下げた。

「すみません。寝苦しくて涼んでました」

「俺と同じだな」

この声、まさか——。

「座れよ。今度は本当に警備小隊に見つかるぞ」

陸は月明かりの下、草むらに座った高岡速の横顔をまじまじと見つめた。陸は速から少し離れたところに座った。まだ幻のような気がする。まさかこの秘密の場所で、こんな夜更けに誰かと出会うなんて。それがあの高岡速だなんて。

二人は暫く夜風に吹かれながら黙って滑走路を眺めた。

「いいよな、ここ」

先に口を開いたのは速の方だった。しかも、まるで陸がここにいることを知っていたかのような口振りだ。

「入校してすぐ、滑走路が一望出来る場所を探して歩いた。そしてここに辿《たど》り着いた。見ると一箇所不自然に草が倒れていた。先客がいることは分かっていたが、それが坂上だったとはな」

「僕も……僕以外にここを知ってる人がいるなんてちょっと驚きました」

そこでまたちょっと会話が止まる。陸は速に色々尋ねたいことがあったはずだが、今、頭に浮かんで来るのは「好きな芸人」とか「携帯の機種」とか「最近観た映画」とか、どうでもいいことばかりだ。

俺……緊張してんのかな……。事実、膝に置いた手が小刻みに震えている。

「今日のこと、話は聞いた。大変だったみたいだな」

そう、大変だった……。思い出しても情けないくらいに。

陸は初めての体験搭乗で、あろうことか吐いたのだ。最初は何も問題なかった。ひたすら空を見つめ、雲を眺め、心地良い振動に身を任せていた。だが、途中から速の言葉を思い出し、高橋の操縦や計器の動きを見るようにした。結果、それがまずかった。一気に気持ち悪くなったのだ。

「教官……」

「どうした」

「気分が……悪くて……」

「いっちょ前に空酔いか。百年早いぞ」

高橋はそう言うや高度を上げて空中旋回を敢行した。昼に食べたカツどんが腹の底から迫《せ》り上《あ》がってくる。慌てて左肩のポケットに入っているゲロ袋を取り出そうともがいたが、強烈なGが掛かって身体が思うように動かせない。結果、コクピットにゲロをぶちまけることになった。

「お前何してんだ！」

少し前の方にも飛び散ったかもしれない。高橋が猛烈に怒鳴る。何してんだはこっちのセリフだよ……。まだ下から上がってくる吐き気を必死に手で押さえながら、陸は心の中で悪態をついた。

「うわっ、クセぇ。死にそうだ」

高橋は叫び声を上げながらコクピットを開けた。風が一気に溜まった空気を吹き飛ばす。T－7は低速機なので、飛行中でもコクピットが開くように設計されているのだ。

着陸後、高橋のたっぷりな嫌味と整備員の冷たい視線を浴びながら、陸はT－7のコクピットを掃除した。

「お前の担当なんざ金輪際やらんからな」

あぁ結構です。こっちから願い下げだよ。そう思いつつ……。心の底では自分が空酔いした事実に衝撃を受けていた。

「最悪ですよ……」

「高橋がか、それとも空酔いしたことがか」

「どっちもです」

陸は草を一掴みすると、勢いよく引き抜いた。

「空酔いが体質かどうかはまだ分からんが、高橋が旋回したのには理由があると思う」

「理由……？」

「酔った時に負荷、即ち身体にGが掛かると、圧迫感で酔いが治ることがある。多分高橋はお前の酔いを治そうとしたんだ」

「まさか」

あの高橋に限って、デビルと異名をとるあのハゲに限って、そんなことはあり得ない。

「絶対違うと思います」

あれは嫌がらせに決まってる。速は高橋との付き合いが短いから、ドSの性格を知らないんだ。

「そういえば坂上のお祖父さんもお父さんもパイロットだそうだな」

突然違うことを言われてちょっとびっくりした。

「そうですけど……。笹木さんから聞いたんですか」

　速が頷く。

　やっぱり。それなら自分が成績不振で墜落寸前だったことも聞いているのかもしれない。だからパフェを食べている時、「高岡はお前に会いたいとは思わない」とか「あの人はバカが嫌いだ」なんて言ったのだろう。それに、今日のことも大方笹木が告げ口したに決まってる。

「もしかしてお父さんは、坂上護2等空佐か」

　親父の名前、確かに坂上護だ。でも、今の階級が2等空佐かどうかは知らない。

「そうですけど……」

「けど？」

「親父、ずっと単身赴任でほとんど一緒に暮らしたことないんです。だから俺、あんまり親父のこと知らなくて」

　この話、途中からは嘘だ。知らないんじゃなくて聞かないようにしていた。

「でもどうして親父のことを……」

「F－15のパイロット、そしてブルーインパルスの隊長。それだけ優秀な経歴の人が、なぜ急に飛ばなくなってしまったのかと思ってな」

　優秀な人。あの親父が……。確かに経歴だけ見れば優秀かもしれない。しかし、それも途中までだ。あの事故が起こるまで……。

「高岡さん、親父のこと詳しいんですね。だったら十二年前の事故のこともご存知ですよね」

「知ってる」

「飛ばなくなったのはあのあとからです」

「しかし、あれは不可抗力の事故だったと結論が出ている。君のお父さんの責任では――」

「知りませんよ」

つい大声が出た。静まり返った草原には不似合いなくらいの。

「すみません……」

「いや、こっちも済まない。立ち入った話だったな」

速はそう言って立ち上がった。

「坂上はどうする」

一緒に隊舎に戻るかという意味だろう。陸はもう少しここに残っていたかった。

「あの……、高岡さんはどうしてパイロットになろうと思ったんですか」

思い切って聞いてみた。速はしばらく黙ったまま滑走路を眺めていたが、やがてポツリと呟いた。

「守りたいからだ」

守りたい。

「何をですか……」

「そっちはどうなんだ」

「俺は……」

正直に言うべきか。それとも適当な答えで誤魔化《ごまか》すか。でも、速に誤魔化しは通用しないと思える。

「子供の頃、祖父ちゃんが話してくれたことがあるんです。空には〝天神〟がいるって。戦争中、空で必死になって闘っている時、はっきり見たっていうんです。〝天神〟が手を貸してくれたから自分は今ここにいるんだって。その時俺、会ってみたいなぁって思って……」

速は黙って立ったままだった。

「なんか……すみません。変な話で」

「〝天神〟か……。本当にいるのなら、俺も会ってみたい」

それから陸は速と一緒に暫くの間景色を眺めた。流れ星が四度、北から南に落ちていくのが見えたが、それについては黙ったままだった。

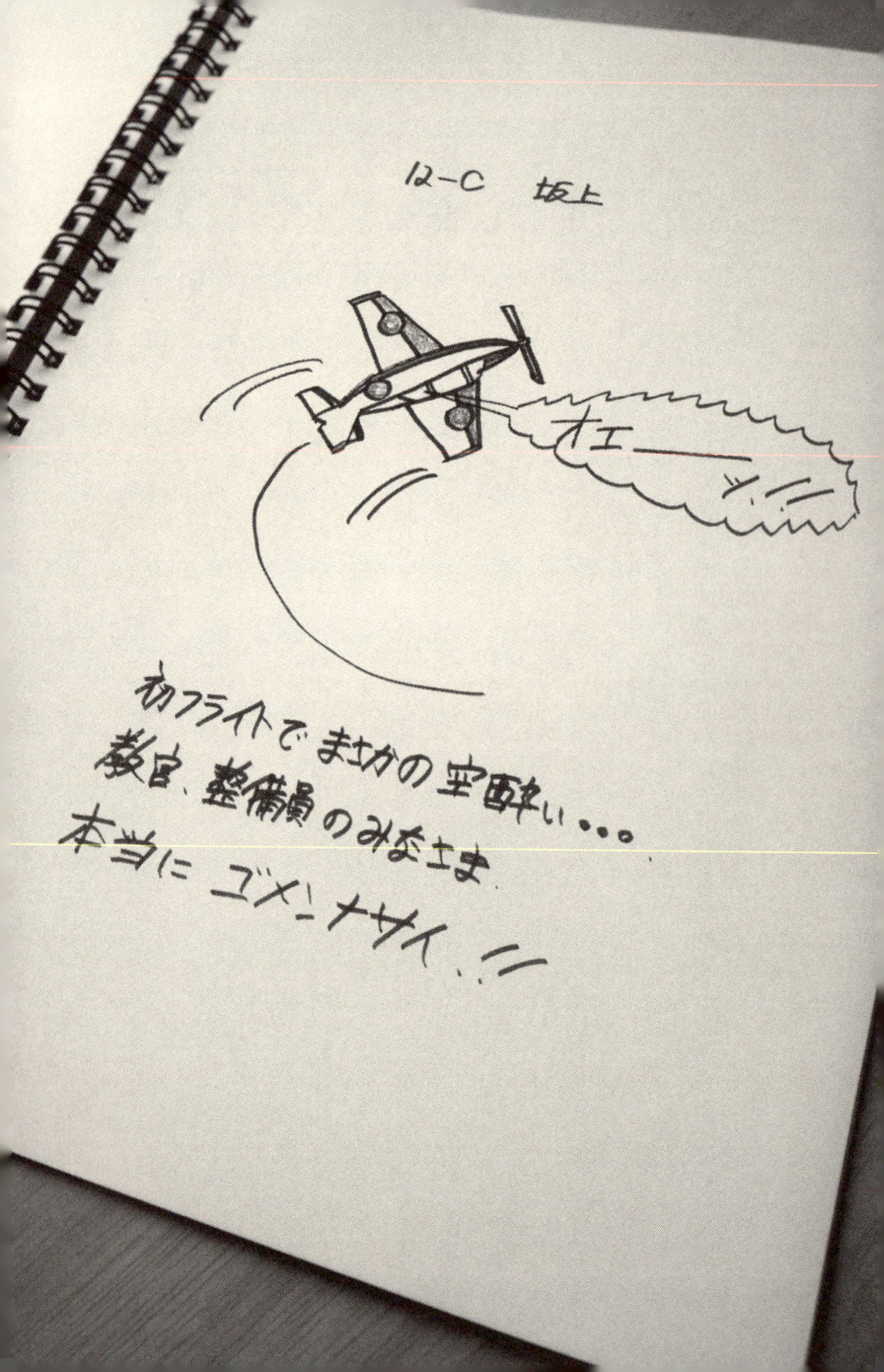
12-C 坂上
オエ——ッ!!
初フライトでまさかの空酔い…。
教官、整備員のみなさま
本当にゴメンナサイ!!

第三章　疾風雲《はやてぐも》

1

防府北基地からバスに乗って二十分ほどで防府駅に着く。そこからJR山陽本線に乗って関門海峡《かんもんかいきょう》を渡ると、そこはもう九州だ。

北九州市にある小倉《こくら》駅まで来ると人の波は一気に膨らむ。陸は白シャツを穿《は》きふるしたGパンの上から垂らした出で立ちで、肩からナップザックをぶら下げたまま階段を昇った。鹿児島本線、博多行きのホーム。ベンチの端に座って待っていると、銀色の身体に赤い顔をした電車が滑り込んで来た。

土曜日とあって車内には家族連れが目立つ。座れそうな場所をさっと探すが、二人掛けの座席はどれも点々と埋まっている。陸はナップザックを棚に置いてドアの窓際に立った。ゴトンと車両が揺れる。やがて長方形の窓の向こうに道路と田んぼと川と山が現れた。二年ちょっと前、初めて防府に向かった時に見た景色と何も変わっていないような気がした。

ドアの手摺に背中をあずけてiＰｏｄを操作していると、足元に何かが触れた。オレンジジュースのペットボトルが転がっている。陸は右耳に詰めたイヤホンを抜くと、手を伸ばしてペットボトルを拾い上げた。

「すみません」

声のする方を見る。陸から座席で五つ分くらい離れた場所、幼稚園くらいの男の子がこっちを見ている。赤ちゃんを抱いた若い母親が、揺れる車内を陸の方に歩いて来ようとしていた。陸は直ぐに母親の方へ向かうと、オレンジジュースを差し出す。

「ほら、壮《そう》ちゃん」

母親が促すと、男の子が陸を見つめたままオレンジジュースを受け取った。

「ジュース、美味しいよね」

陸がニッと笑う。男の子は困ったように母親の顔を見て、再び陸を見た。やっぱり困ったような顔をして頷く。ドア際に戻る途中、「あのお兄ちゃん、優しかね」と声が聞こえた。

速と一緒に夜の滑走路を眺めてから二ヵ月以上が過ぎた。その間、細々とした用事が重なって『雲乗疾飛の会』には一度も出席出来なかった。ブラボーは防府基地を旅立ち、今は福岡県北部にある芦屋《あしや》基地でＴ－４による基本操縦前期過程に入っている。陸は基地を離れ、同じ福岡県内にある春日の実家に久し振りに帰省した。

ＪＲ春日駅を出て商店街のある方に向かって歩き出す。実家は一つ道路を隔てた裏手にある。ここに家を構えたのは祖父の一八郎だ。春日基地勤務時代、この土地柄が気に入って家を建てたと母親から聞いたことがある。

陸は真っ直ぐ実家に帰らず、隣にある平屋の建物に向かった。ここは坂上家の私設博物館、通称『坂上戦闘機博物館』だ。出入り口の上の壁には大きな鉄板が打ち付けてある。Ｆ－１０４、スターファイターのボディ。こんなものをどこから持って来たのか知らないが、この機体については子供の頃から一八郎に散々聞かされ続けてきた。世界で初めて、チャック・イェーガーが水平飛行で音速《マッハ》の壁を超えた。音速を超えたパイロットのことを飛行機乗りの間では「マック・ライダー」と呼ぶ。チャック・イェーガーをマック・ライダーにしたのが、このスターファイターなのだそうだ。

陸は所々錆《さ》びの浮いた銀色の鉄板を眺めた。チャック・イェーガーか……。この人が空を飛ぶきっかけってなんだったんだろう。まだ生きてるのは知っているし、何年か前には防衛省を訪れたと雑誌で読んだ。彼の自伝的映画である『ライトスタッフ』の中で、音速に挑戦し続ける理由を記者に尋ねられた時、確か「金のためだ」と言っていた気がする。もしそうだとしたら、とてもじゃないが打ち解けるのは無理そうな気がする。

「いらっしゃい」

カウンターの奥からしゃがれた声がした。

「入館料二百五十円。細かい解説付きならプラス百円」

「祖父ちゃん、ただいま」

しばらく間があって、ハゲ頭の小柄な老人が現れた。まだ秋だというのに綿入れを着込んでいる。

「んぉ？」

「また一段と老眼が進んだみたいやね」

「陸か」

「うん」

「お茶、飲むか」

相変わらずとんでもないところに話が転がる。しかも、お茶を飲みたいのは自分で、お茶を淹《い》れるのはお前だと言っているのだ。陸は苦笑いしてナップザックをカウンターに置くと、ポットの置かれた方へと歩き出した。

ゆっくりとお茶をすすりながら周りを眺める。沢山の写真、書類、賞状、古びた飛行服が所狭しと置かれている。

「相変わらずやね、ここ。こんなんで客来ると？」

「これから来る。お前がイーグル・ドライバーになったら」

Ｆ－15に搭乗するパイロットは「イーグル・ドライバー」と呼ばれる。かつて、陸の父もそう呼ばれていた。十二年以上も昔のことだが……。

「だけん、俺はまだ何に乗るか決めとらんって」

ここに父親の物はない。だから、陸がパイロットになったら備品や書類をここに展示するつもりなのだ。

「それに、なれるかどうかも分からん……」

「構わん。時間はたっぷりある」

一体あとどれくらい生きるつもりなんだろう。間違いなく百歳までは持つと思う。

「ねぇ、祖父ちゃんって凄いパイロットだったんだろ」

一八郎が何を今更といった顔をした。

「当たり前だ。戦時中、星の数ほどパイロットはいたが、誰も足元にも及ばんかった」

そういうわりには当時の記録にもほとんど名前出てこないんだよなぁ。そんな陸の心を読んだように、

「あと一年、いや半年でも戦争が続いとったら、今頃は勲章でこの部屋が埋まっとる」

確かにここには勲章らしき物は何一つ無い。速がここを見たら一体なんというだろう。ただ飛ぶだけじゃなく、様々なことに興味がある速のことだから、案外感動するのかも

しれない。

「祖父ちゃん、〝天神〟の話、覚えてる？」

「忘れるはずがなか」

「あの話するといつも笑われる……」

一八郎はむっつりしたままハイライトに火を点《つ》けた。

「でも、この前初めて笑わん人に会ったよ。その人さ、頭が良くて操縦も巧《うま》くて、ウチのリーダーが急性アルコール中毒になった時なんか、医者みたいに治してしもうた。あんな風に何でも出来る人っておるんやねぇ」

「お前の目の前にもおろうが」

陸は聞こえない振りをした。

「その人にさ、どうしてパイロットになろうと思ったのか、聞いてみたと。そしたらなんて言ったと思う」

陸はタバコの煙の向こうに霞んで見える、皺くちゃの一八郎を見つめた。

「守りたいからだって」

一八郎がふーっと煙を吐き出した。そして、ちょっと眉を寄せる。何か考えごとをする時によくやるクセだ。

「その男、苦労人たい」

「苦労人？」

生い立ちなどは全く知らない。確かに努力家だとは思うけど。

「あの頃のパイロットはみんなそうだった。友達とか恋人とか家族とかこの国とかをな、必死で守ろうとしとった」

「それは戦争やったけんやろ。今はそんなことないし」

「陸、お前、なんもわかっとらんな。苦労しとらん証拠たい」

なんでそうなるんだよ。陸は残りのお茶を飲み干すと、ナップザックを摑んで立ち上がった。

「お袋に顔出して来る」

「今夜はご馳走《ちそう》を作るように言っとけ」

そんなこといちいち孫に頼むなよ。陸は博物館を出て、随分古くなった隣の一軒家に足を踏み入れた。

母親の春香《はるか》は自宅のキッチンにいた。水の流れる音、お皿の触れ合う音、そこに鼻唄が混じる。なんの唄かは分からない。多分、懐メロだろう。そうっと足音を忍ばせて近付くと、

「さっきお昼食べたでしょう」

こっちを見ずに春香が言った。一八郎と勘違いをしているようだ。

「そうだっけ」

瞬間、春香のお皿を洗う手が止まった。振り向いてこっちを睨む。丁度、陸がテーブルの上の小鉢に入った高菜漬けを指で摘まむところだった。春香が菜箸で陸の指先をピシャリと打つ。痛みを我慢して陸は高菜漬けを口に放り込んだ。

「うまっ」

「当然やろ。市販のもんと比べられるもんね。あんたお昼は」

「ラーメン食べて来た」

「そんなもんで身体持つとね」

「その分、夜に期待する」

春香が苦笑いした。ほとんど化粧はしていないが、メリハリのある目鼻立ちのせいですっきりと見える。

「たまには化粧くらいせんね」

「余計なお世話」

二人は同時に吹き出した。

その夜はすき焼きになった。リビングの平テーブル、真ん中に置かれた鍋を囲むようにして座る。一八郎の部屋から持って来た丸テーブルの上には沢山の肉と野菜が並んだ。

「お父さん、やっぱり仕事で帰れんって」

春香は護にも陸が帰って来たことを伝えたようだ。

今、父親がどこにいて何をしているのか、陸は知らない。伝えたくらいだから案外近くの基地にいるのかもしれない。護とは食卓を囲んだ記憶がほとんどない。だから、今更いなくても何も感じないのが正直な気持ちだ。でも、時折見せる春香の寂しそうな顔を見るのが嫌だった。

「そっか、残念やね。母さん、よろしく言っといて」

心にもないことを言う。春香が「分かった」と顔を輝かせた。陸はチクリと胸の奥が痛んで春香から目を逸らした。

「陸、飲め」

上座に座った一八郎が瓶ビールを差し出す。陸がコップを差し出すと、なみなみと注いだ。返杯しようと一八郎の手からビール瓶を受け取ろうとする。

「男から注がれるのは好かん。雪香《ゆきか》ぁ、頼むぅ」

甘えた声を出す。

「面倒くせぇジジィ」

悪態をつきながらも六つ年上の姉、雪香が一八郎のコップにビールを注いだ。雪香は

ANAで客室乗務員をしている。派手で合コン好きで離婚歴もある身だが、白い肌にはっきりと整った目鼻立ち、母親似のその顔は弟の目から見てもそれなりに美人だと思う。頭もいい。ただ、性格は一八郎に似て完全に肉食系だが……。

一八郎、春香、雪香、そして陸の四人が久し振りに集まった。一八郎の音頭で乾杯をする。すき焼きの匂いがリビングを包む中、全員が一息で一杯目を空けた。

「やっぱ母さんの飯、サイコーや」

もちろんお世辞ではない。すき焼きはもちろん美味い。だが、それよりも春香の漬けた高菜漬け、煮物、卵焼き、そんな一品ものが堪らなかった。

「あんた今、何してんの？」

お皿に追加の生卵を落としつつ、雪香が尋ねる。

「初級操縦訓練」

「何それ」

「T－7って練習機に乗ってる」

「え、もう飛んでんだ」

雪香が驚きの声を上げた。まぁ弟のやっていることにそれくらい関心が無いってことだ。もっとも姉の今を尋ねられたら、自分も答えには窮してしまうだろうけど。

「それでどう。空は」

「うん……」

　思わず言葉が止まる。最初の体験搭乗の際、陸は思いっ切り酔った。我慢出来ずゲロをコクピットにぶちまけた。一度目は整備士も許してくれた。たまにあることだからと。そう、これはたまたまなのだ。陸も自分に言い聞かせた。だが、これがたまたまではなかったのだ。二度目、三度目まではなんとか苦笑していた整備士も、四度目以降からは仏の笑顔が消えた。そのあとも陸は酔い続け、今では教官が陸の担当を嫌がるまでになっている。

「空酔いかぁ。思い出すなぁ」

　陸の話を聞いて懐かしそうに雪香が言った。

「姉ちゃんが」

「随分馴れたけど、気流が不安定なところを飛ぶと今でもちょっと怪しくなったりするし」

　そうなんだ。全然知らなかった。

「偉そうにふんぞり返ってるそこのジジィもよ」

　雪香が箸で一八郎を指す。まさかと思った。フライト時間が二千時間を超えていると豪語している一八郎が……。当の一八郎は憮然《ぶぜん》としたまま肉を摘まんでいる。

「護さんも苦労してたもんね」

春香も言葉をはさんだ。

え――？　驚いた。まさか父親まで空酔いで苦しんでいたなんて。

「それが坂上の家系やけん。仕方なか」

一八郎が新たな肉を鍋から摘み上げる。

「大丈夫よ。特効薬があるけん」

春香が立ち上がり、冷蔵庫からタッパーを出して来た。

「騙《だま》されたと思って、飛ぶ前に一つ食べてごらん」

陸はタッパーに入った梅干を見つめた。こんなもので空酔いが治まるのならしめたものだ。

「私が太鼓判を押す」

怪訝な顔をする陸に春香が笑いかけた。

来週、天気が安定していればソロ・フライトが行われる。酔わなければ集中して操縦に専念出来る。

「分かった。試してみる」

「試すんじゃなか。信じろ」

さすが空酔いの長老、言葉の重みが違う。

夕食のあと、追いたてられるように風呂に向かった。「今日の一番風呂はお前に譲る」とさも重大事のように一八郎に言われては、断わるわけにもいかない。家を建てる時に一番こだわったという檜風呂。懐かしい木の香りを嗅ぎながら、陸は湯船に浸かった。

「陸、タオルここに置いとくけんね」

洗面所から春香が声をかけた。

「うん」

「なんかあったとね」

曇りガラスの扉の向こう、春香が何かを片付けているのが薄っすらと見える。盆、正月も顔を出さず、電話もしない。そんな息子が突然帰って来たのだ。何かあったのかと思わないはずはないだろう。

「なんも」

陸は答えた。

「そう」

春香が洗面所から出て行くのがガラス越しにぼんやり見えた。別に特別な理由があったわけではない。ただ、ふいに帰りたくなっただけだ。久し振りに家族に会いたかったし、自分のベッドでゆっくりと眠りたかった。ふと、棚の上の黒いものが目に入った。髭剃《ひげそ》りだ。これは一八郎のものではない。一八郎は元々毛が薄いのか、髭がほとんど生えない。もちろん髪は残っていない。親父のか……。護はこの髭剃りをいつ使ったんだろう。たまに帰って来てるのだろうか。この四、五年、父親とはまともに口をきいていない。最後に話した言葉が何だったのか、全く覚えていない。

別に一緒にいなくても構わなかった。パイロットの父親は自分の中で常に真ん中だった。でも、あの事故が起きた。そして父親は飛ぶことを止めた。速が言った通り、あの事故は不可抗力だったと結論付けられた。でも、そうじゃない。ならどうして親父は飛ばなくなったのか。何もやましいことがなければ今でも空を飛んでいるはずだ。しかし、父親はそうはしなかった。あの時親父は学生を見捨てたんだ。それを恥じて飛ぶのを止めたんだ。いつからか陸はそう思うようになった。そんな自分も航空自衛隊を志願し、パイロット養成の道に進んでいる。仕事も行動も全部父親と同じだ。時々そんな自分がイヤになる。

陸は髭剃りを摘まむと、それをシャンプーのうしろに見えないように押し込んだ。たとえどんなに髭が伸びたって、この髭剃りだけは死んでも使いたくはない。


薄い青の真ん中を横切るように、白い鰯雲が伸びている。陸はT－7のコクピットの中からその光景を見上げた。たった７００m上がっただけで空の印象はまるで変わる。空気の層が違うから地上から見えるのと違うのは当たり前だ。現実的な笹木ならそんな風に言うかもしれない。でも、自分が感じているのはそんな科学的なことじゃない。色も形も音も何もかもが深く、そして鮮やかになる。それが空だ。陸は本当に綺麗《きれい》だと思った。

ソロ・フライトの検定飛行。ここまではまったく空酔いも感じていない。計器を見てもあの突き上げるような衝動がない。離陸前、お袋の梅干を一個食べた。こんなものであのひどい酔いが止まるのか、正直半信半疑だった。しかし、効き目は抜群だ。

「どうした陸、今日は調子いいじゃねぇか」

後席に座った高橋が嫌味タップリに聞いてくる。

「おまじないが効いてるみたいです」

「おまじない？　なんだそりゃ」

「秘密です」

別に勿体つけるつもりはないが、ここでばらしてしまうと効力が薄れそうな気がした。そうなっては元も子もない。「ケッ」と高橋の舌打ちが聞こえ、陸は思わずほくそ笑んだ。

操縦桿を左に倒す。機体全体が左に傾いていく。羽を横切る風の音が心地良く響く。どんどん気持ちが安らいでいく。自分で立てた飛行経路を自分の操縦で飛ぶことがこんなに楽しいなんて思ってもみなかった。一度自分で空を飛べば病み付きになるって誰かが「まんが帳」に書いていたが、本当にその通りだ。

「前に雲があるぞ。突っ込んだら一発で課程免だからな」

煩い教官さえいなければ尚のことといい。

陸は発動点から一つもロストせず正確にポイントを通過した。ポイントは山であったり、工場であったり、マンションであったりと様々だ。

「教官、あの家、もう屋根が出来てますよ」

「家?」

「ポイント7のすぐ側、青い屋根の隣の家です」

バックミラーに高橋が左下を覗き込んでいる姿が映る。きょろきょろしているところを見れば、分かっていないのかもしれない。

「分かりました?」

「ぐじゃぐじゃ喋るな。基地が近いんだぞ。そろそろ着陸態勢に入れ」

雲の合間、微かに防府基地のシルエットが見える。陸は「了解」と答えると、気持ちを切り替えた。いよいよこれから最も難度の高い着陸だ。

基地に近付くと、滑走路に機体番号910のT‐7が滑り込んで行くのが見えた。菜緒だ。菜緒も初めて自分の力で行った空の旅を終えて帰還したのだ。もしかしたら今頃叫び声を上げているかもしれない。

「うち、やったでー」

　菜緒の上気した顔が目に浮かぶ。

「防府タワー、セトウチ914、リクエスト・ランディング」

　陸がたどたどしい英語で無線越しに管制塔に呼び掛ける。それでも管制官はしっかりと受け止め、「セトウチ914、防府タワー」と呼び掛けに応えてくれた。30コースに乗り、ゆっくりと高度を下げて行く。滑走路がはっきりと正面に見えて来た。

「横風に注意しろよ」

「はい」

　パワーレバーを手前に移動させていく。130ノットまで減速したところで脚を降ろした。

「フラップを下げる」

　声に出しながらフラップを二段目の「LAND」まで下げた。前だけでなく、右、左をまんべんなく見る。どんどんと見慣れた地上の風景が広がっていく。

「100、90、80……」

　ドスンと機体に衝撃が来る。接地した。

「タッチダウン」

　スピードが惰性で緩んでいく。

「70、60……」

軽くブレーキを掛ける。ノッキングするように機体が微かに揺れ、更にスピードが落ちた。

「セトウチ914、ナイス・ランディング」

え……。

いきなり管制官から褒められた。驚いてポカンとする。

「だとよ」

バイザーを上げた高橋がうしろからダミ声を浴びせた。

「俺から言わせればクソ以下だがな」

だが、その言葉にいつもの嫌味が混じっていないことは、いくら鈍感な陸でも分かった。

IGNスイッチを押してエンジンを停止させる。続けてDボタン、キャノピーが開き、熱と吐息と緊張の詰まった小さな空間にどっと涼しい風が流れて来る。

「ありがとうございました」

ヘルメットを取って、陸は高橋に頭を下げた。

「またお前のゲロの臭いを嗅がされるのかってうんざりしてたんだがな」

「梅干が効きました」

「梅干ぃ？」

本当かと言わんばかりの高橋の睨みに、陸は笑顔で答えた。梅干が本当に効いた。これからはもう空酔いを気にしなくていい。あとでお袋に電話しておこう。そんなことを思いながら、陸はT－7の機体を優しく撫でた。


その夜、陸は隊舎の屋上に上がった。ブリーフィングで気象班が「明日も晴れる」と太鼓判を押したから、溜まった洗濯物を一気に洗って干したのだ。夜空を見上げる。防府は春日の実家より、少しだけ星が沢山見える気がする。もしかすると冷たくて澄んだ空気がそう思わせているだけなのかもしれないが。

春香には夕食のあと、電話した。梅干の礼を伝えると笑いを含んだ声で「そうやろ」と言った。

「あんたも坂上の血を引いてる証拠よ」

「空酔いの血なんていらんよなぁ」

「そうじゃなくて。空が好きっていうこと」

空が好き……。

「私が家族の反対を押し切ってあんたに陸っていう名前を付けたの、知ってるやろ」

聞いたことがある。確か最初は「空」という名前にしようとしていたのだ。祖父の一八郎も夫の護もパイロット。娘の雪香も幼い頃から客室乗務員になると決めていた。この上、息子まで空に上がるなんてとんでもない。春香は激しく反対し、区役所に「陸」という名前を書いて出生届を出したのだ。

「毎日毎日、地面から空を見上げて家族の無事を祈る。どうか帰って来ますようにって。あんたまでそうなったら、私はもう耐えられんと思ったと。でも、やっぱりあんたも離陸した。坂上の血はどんなことがあっても空に上がるんやね。私はもう諦めた」

「ゴメン」

「その代わり、何があっても着陸しなさいよ」

何があっても着陸しろ、か……。電話を切ったあと、春香の優しさが全身に染み渡る気がした。

自分の中に流れる空への狂おしい気持ち。それは母親の言う通り、家系なのかもしれない。でも、決定的に違うところがある。自分は卑怯者にはなりたくない。仲間を見捨てて自分だけ着陸するような、そんなパイロットにはなりたくない。

「俺は親父とは違う……」

そんな陸の決意に応えるかのように、星が一つ瞬いた。

2

まるで鏡のようだ。雲間から見える海。キラキラ輝いているのでもなく、波の形も分からない。船も見えない。一面、のっぺりとした藍色がどこまでも続いている。速はT－4のコクピットから眼下を見ながらそう思った。芦屋基地を飛び立つと玄界灘《げんかいなだ》を抜けて北西寄りに向かう。日本海、対馬沖《つしまおき》が基本操縦前期課程の訓練海域とされている。今日の天気は曇り。気温12度。視界概ね良好。訓練にはまずまずの日和《ひより》だ。ここ連日、ブラボーはCPを行っている。CPとはコンタクトフェーズの略。エンジンの性能や操縦桿の感覚、急旋回や8の字を行った時に身体に掛かるGを体感し、戦闘機に慣れるための飛行訓練のことだ。

初めてT－4に乗った時はいかな冷静な速でも戸惑いを覚えた。防府北基地で幾度となく空を飛んでいたし、操縦の感覚や管制とのやり取りもしっかりと身に付いていた。教官からは口酸っぱくプロペラとジェットは違うと言われてはいたが、どちらも飛行機に変わりはないとタカを括っていた。

エンジンが始動して滑走路を滑走する。空中に浮き上がるのは走り出して僅か数秒だ。そこから空気を切り裂くようにして一気に上昇、加速。身体が物凄い力で座席に押し付けられる。教官の操縦を盗み見る間もなく、気が付いたら雲海の上を飛んでいた。いや、スピードだけではない。パワーの違いにも驚かされた。T－7の操縦桿を傾けると、「よいしょ」という感じで機体が旋回を始める。これがT－4となると「あっと言う間に」旋回する。反応が素早く、しかもシャープ。鉄の塊が人間の都合などお構いなしに上下左右を自在に飛ぶのだ。コクピットの中で速は大いに振り回された。そしてもう一つ、装備だ。Gスーツを着用し酸素マスクを付ける。身体をぐいぐいと締め付けられる感覚と息苦しさで、これでようやくファイター・パイロットに足が掛かったという気持ちはすぐにどこかに消え去った。

実を言うと速は近頃微かな焦りを感じている。T－7に搭乗した時と同じようにT－4のことが頭に入ってこないのだ。飛行中、覚えよう、記憶しようとする間に次の現象が起きてしまう。対処するのに精一杯で考える余裕が無い。じっくりと物ごとを見極めるタイプの速は、ここに一番の戸惑いを感じている。それでも、飛ぶのがイヤだとか、辞めたいなどとは小指の先ほども思わない。聡里を、母親を、この国を守りたいという意志に揺るぎはない。守るために飛ぶ。そんな思いを抱く者こそ、真のファイター・パイロットたるべきだと固く信じている。

「ブン」という音がしてコンダクターのスイッチが入った。T－4を始めとする戦闘機にはエアコンが付いている。パイロットが常に正常な環境で活動出来るよう、自動でコクピットの中の気温を調整する。

「高岡、そろそろ訓練空域だ」

ヘッドホン越しに後部座席に乗っている山川教官の声が聞こえた。じっとりと全身に汗が滲み出すのを感じる。

「巧くやろうとしなくていいから。何度もやりながら、機体と自分のイメージを重ねていけ」

巧くやろうとしなくていい。こんな言葉は防府では言われたことがない。普通にやっていれば巧く出来た。それだけ芦屋基地での自分の評価が下がっているということかもしれない。

速は頭を動かして前後左右を見た。他のブラボー機が近くにいないかを確かめる。かなり遠目に見えていても、時速600㎞近くで飛んでいると、気が付いた時には目の前だ。大丈夫そうだ。速は操縦桿を握りなおした。

「左旋回、実施します。ナウ」

操縦桿を僅かに左に倒す。ほんの僅か。気持ち程度。間髪入れず機体が傾き、左回りに急旋回を始めた。やり過ぎた！　そう思ったがもうやり直しはきかない。Gが全身に襲い掛かる。プープーとブザー音が鳴る。身体が座席に押し付けられる。怪物に捉えられ、下から絞り上げられる感じだ。内臓が口から飛び出してきそうなほどの圧力。

「ハァッ……ハアァッ……」

思わず呻《うめ》き声《ごえ》が漏れた。

「何やってる！」

「すみません……」

楕円を描いてようやく機体が元に戻った。

「操縦桿を倒すなって」

「はい……」

「高度下がってるぞ」

慌てて高度計に目を向ける。６００ｍも落ちている。

「ノーズアップ」

速は高度計に神経を傾け、訓練高度まで機体を上昇させた。

「バランスバランス、姿勢にも気を配れ」

何時の間にか右に傾いていたようだ。

「はい」

今度は水平線と姿勢指示器を見て、機体の姿勢を平行にした。

「もう一度だ。いいか、操縦桿と自分は神経で繋がってる。そんな風に頭でイメージしろ」

やっている。しかし、そうならないから難しいんじゃないか。出来ることならそう言い返してやりたかった。

山川教官はまだ若い。自分と五、六歳しか違わないだろう。航空自衛隊では最前線で活躍する生きのいいパイロットを一年から二年、教官として在籍させることが増えている。学生とそれほど歳の変わらない教官の方が、兄貴分として刺激も受けるだろうし、話も合うだろうと考えてとのことだと聞いている。一方でそれはあるかもしれない。防府基地では味わうことのなかった緊張感が芦屋基地にはある。だが、速にとっては苦痛に感じることの方が多かった。

「左旋回、ナウ」

再び操縦桿を握りなおす。速は頭の中にゆっくりと左に旋回するT－4の姿を思い浮かべる。

「おいおいおい、何やってんだ」

旋回を始めたのはいいが、今度はちょっと大回りし過ぎた。

「お遊戯やってんじゃねぇぞ」

「すみません」

くそ、ちゃんとイメージしたのに……。微妙な感覚、それが速には分からない。訓練時間はあっと言う間に過ぎていく。空にいる時は時間のスピードが地上とは違ってるんじゃないかと疑いたくなるくらいだ。

「高岡、そろそろ切り上げるぞ」

「まだ十分ほどありますが」

計器盤の時計を見て答える。まだコツが飲み込めていない。速は時間ギリギリまで飛びたかった。

「天気がな」

山川教官の声が冴えない。そう言えばここに来る時よりも雲が増えている。しかし、訓練の邪魔になるほどとは思えない。

「さっき芦屋から連絡が来た。向こうは随分崩れているらしい」

今朝のブリーフィングで気象班が報告した。今日は局地的に雷雲が発生し、荒れた天気になると。だが、崩れるのはもう少し遅い時間の予想だったはずだ。

「では、もう一度だけ旋回をして――」

「いや、帰り支度だ」

雨だろうと雷だろうと嵐だろうと、一人前のパイロットであれば関係ない。国籍不明機が現れた際、悪天候のためにスクランブルしないなどあり得ない。しかし、速は学生だ。学生には無理をさせない。これは航空自衛隊に限らず、どこの組織も同じだろう。悔しいが訓練が今日で終わるわけではない。また明日も明後日も飛べるのだ。そう言い聞かせた。

「了解。芦屋基地に帰投します」

　速は芦屋基地のある南に機首を向けた。

　見るからに分厚い黒雲だった。芦屋基地のある遠賀郡《おんがぐん》一帯は暗く陰り、時折激しい稲妻が走っている。雨はまだしも雷は危険だ。この雲ならば帰投のサインが出るのも頷ける。速は周囲を見た。どこにも機影は見えない。その仕草をうしろから察したのだろう。

「他の機体は全部着陸済みだ」

「そうですか」

「それとな、着陸基地が変更になった」

　一番深い場所で訓練を行っていた分、自分だけ帰投が遅れたようだ。だからといって別に焦りはない。これもまたいい経験にすればいい。

「築城《ついき》に向かうんですね」

「行き先は防府になった」

「防府……ですか？」

　聞き間違いかと思って、山川教官に尋ね直す。

「防府だ」

「しかしあそこはジェットの整備員はいません。こういう場合は築城基地に行くのがセオリーなのでは……」

「本来ならな。でも、築城も似たような天気だそうだ。しかもあと一時間以上は雷が続くらしい」

築城基地は福岡県の東部に位置している。急速に発達した雲が築城基地の上空まで広がっていてもおかしくない。速は燃料計を見た。残燃料は三十分弱、他に選択肢はないわけだ。

機体が右に傾いた。翼が雨雲を切り裂く。キャノピーの雨粒が慌てたようにうしろへ流れて行く。今、操縦は山川教官が行っている。計画したフライトコースから外れた場合、学生は操縦することは出来ない。速は下を見た。訓練とは違って高度を落として飛んでいるため、雲間から時折山肌が見える。このまま飛べば防府まで十分とかからないだろう。

「ラッキーだったな」

「何がですか」

「お前は初級、防府だったな。よかったじゃないか、故郷に錦を飾れて」

きっと『雲乗疾飛の会』を知っているんだろう。速は防府を懐かしんだことなど一度もない。あの場所は自分にとってただの通過点に過ぎない。ふと陸の顔が思い浮んだ。順当に訓練が進んでいれば、チャーリーは今頃、ソロの最終辺りにいるはずだ。空を飛ぶことにも慣れ、楽しみを味わっている頃だ。そんな連中に今の自分をあまり見せたくはなかった。

「着陸態勢に入るぞ」

「了解」

防府基地上空も黒雲に覆われている。キャノピーに付いた水滴が風に震えながら他の水滴と交じり合い、流れ去って行く。速は僅かに腰を浮かすとシートに深く座りなおした。

3

ポツポツと降り出した雨が第1飛行隊の緑色の建物を濡らし、淡い緑を濃く見せている。窓越しに僅かに望める空はどんよりと曇り、霞が低く垂れ込めていた。

午前のフライトを終えたチャーリーは食堂にいた。今日の献立はうどんだ。素うどんにゴボウ天やエビ天、丸天にワカメと好きなものをトッピングして自分流のうどんを作る。陸はエビ天二つにワカメ、そしてネギを少し、長谷部は全部山盛りで、光次郎は丸天二つとネギ、笹木はゴボウ天とエビ天に、お汁が真っ赤に染まるほど大量の七味唐辛子をかけた。人それぞれ考え方も顔も声も違うように、好みも違う。

「菜緒さんがいないと静かですね」

長谷部が口を開いた。男四人、椅子に座って黙々とうどんを食べている。そう言えば食べ始めてからまだ一言も口を開いてないような気がする。

「ですね」

陸が相槌《あいづち》をうった。

菜緒は午前のフライトを終えてすぐ、高橋に呼ばれて教官室に向かった。今後の進路を決定するためだ。未来はどうなるか分からないが、現状では女性はファイター・パイロットになれない。なれるのは輸送機のパイロットか救難機のパイロットのどちらかだ。身体的なこととか体力的なこととか色々な理由があるそうだが、詳しいことは知らない。菜緒は初級操縦課程を終えたら、チャーリーを離れて一人、鳥取県境港市にある美保基地に向かうことになる。

「紅一点がいかに重要なポジションかが分かりますね」

「あいつのどこが紅一点だよ」

長谷部の言葉を笹木が即座に否定しにかかる。

「うるせぇし、すぐ怒るし、言葉使いは汚ねぇし、暴力は振るうし」

確かにその通り。

「でも真っ直ぐで、裏表がなくて、気配りがあって、面倒見がいい人です」

それも当たっている。

「私は菜緒さん、好きだなぁ」

「そのセリフ、嫁さんの前で言ってみろ」

「問題ありません。私は妻一途ですから」

長谷部が胸を張って答える。

「結局ノロケかよ」

長谷部に背を向けて笹木がうどんを乱暴に啜《すす》った。

「なんや、楽しそうやな。ウチも混ぜてんか」

菜緒がうどんをトレイに載せて現れた。椅子を引いて長谷部の隣に座る。陸は箸を止めて菜緒の様子を見つめたが、特段変わった感じはしない。

「なんや、みんなでジロジロ見て」

「なんて答えたんだ」

陸は単刀直入に切り出した。

「どっちやと思う」

防府北基地を出たあとの進路を何度か尋ねたが、菜緒はこれまで検討中としか答えなかった。確かに揺れてはいたんだろうけど、個人主義的な側面の強い輸送機のパイロットより、クルーを率いてリーダーシップを発揮しなければならない救難機のパイロットの方が、絶対に菜緒の性格には合っているような気がする。

「俺は救難だと思う」

「私もです」と長谷部。「俺も」と光次郎が続く。「あんたは」という目で菜緒が笹木を見た。

「どうでもいいけど輸送だ。全員救難だったらなんも面白くねぇだろ」

相変わらず素直じゃない。

菜緒はパチンと箸を割ると、陸からエビ天を、長谷部からゴボウ天、光次郎からは丸天、そして笹木から七味唐辛子のかかっていないネギを摘み上げた。

「何すんだ！」

ネギを掬われて笹木が怒る。

「約束手形や」

「手形ぁ？」

「あんたらが将来事故った時は必ずウチが助けてやる。天ぷら一枚で約束してもらえるんや、感謝しぃ。でも、あんたはネギか……」

思わず笹木が真っ赤に染まったエビ天を箸で摘まむ。

「いらん。そんなん食べたら腹壊すわ」

菜緒は大笑いして、大盛りになったうどんを美味しそうに食べだした。

お昼を食べ終えて航空加給食のヨーグルトを飲んでいたら、「お前ら、ここにいたか」機付長の岩永が慌てた様子で駆け寄ってきた。

「お前ら、すぐにハンガーに来い」

「どうかしたんですか」

「珍しいお客さんが降りて来るぞ」

岩永に急かされるようにしてチャーリーは席を立った。

整備格納庫の中から空を見上げる。どんよりと分厚い雲が覆い、冷たい雨がかなりの勢いで降り続いている。食堂からここまで傘も差さずに走って来た。雨に濡れた飛行服から身体の熱が奪われて肌寒い。整備員にジャンパーを借りようかと思ってうしろを振り返ると、沢山の教官達が集まって来ていた。高橋も腕組みをして空を見上げている。

「何が始まるんでしょうね……」

長谷部の顔にはどことなく不安な表情が浮かんでいる。

やがて、どこからともなく「ゴーッ」という音が響いて来た。風鳴りじゃない。雷でもない。これは――、

「T－4だ！」

光次郎が目を輝かせた。高橋がうしろから光次郎の頭を指で小突く。

「さすが戦闘機オタク、エンジン音だけでよく分かったな」

「ターボファンエンジンの回転音は唸《うな》りに特徴がありますからね」

そう言った光次郎はドヤ顔になっている。

「――てことはブルーですか」

笹木が勢い込んで高橋に尋ねる。

青い閃光の異名を持つ航空自衛隊アクロバットチーム、ブルーインパルスは、宮城県にある松島《まつしま》基地の所属なのだが、３・11の大震災でその松島基地は壊滅的な打撃を受けた。現在は福岡県芦屋基地を仮住まいとして活動している。そんなブルーインパルスの使用機は、白いボディに青いラインを施したT－4。陸達が次のステップで乗ることになる機体と同じものなのだ。そしてもう一つ。陸にとってはかつて父親が所属していた飛行隊でもある。ブルーインパルスと聞くと、今でも胸の奥がチリっとする。

「残念ながら違う」

「違う？」

「ブラボーだ。芦屋も築城も悪天候で着陸出来ないから一機だけこっちに降りることになった」

「搭乗者は誰なんです」

陸が聞いた。

「そこまでは分からん。しかしこんなこと珍しいぞ。ここにT－4が降りるなんて聞いたことない。ラッキーだなお前ら、これから自分らが飛ばす機体を目の前で見れるんだ。

もっとも、検定通ったらの話だけどな」

つぶらな瞳でニヤリと笑う。悪魔の微笑みだ。陸は慌てて目を逸らすと、再び空を見上げた。

「見えたで」

菜緒が指さした方向に黒い点が現れた。それはみるみる形となって防府北基地の上空を旋回しながら高度を落として行く。

「赤いノーズに白いボディ、赤い尾翼。あれは紛れもなくレッドドルフィン！」

光次郎が興奮気味に叫んだ。

芦屋基地第13飛行教育隊所属のT－4練習機。通称レッドドルフィン。あれが次に乗る機体か……。身体がゾクゾクする。この感じ、寒いからだけじゃない。

T－4から脚が出る。最終着陸態勢に入った。角度もスピードも申し分ない。機体がランウェイに接地し、大きな水飛沫《みずしぶき》が舞う。チャーリーの面々、そして整備員達が「おーっ」と歓声を上げた。だが、陸だけは違った。

「ヤバい！」

無意識に叫んでいた。

T－4はほとんどスピードが落ちないまま整備庫の前を疾走し、みるみるランウェイの端に迫った。ブレーキの事故か、それともタイヤと路面との間に水が入り込んでブレーキの利きが悪くなるハイドロプレーニング現象か、頭の中を一瞬でそんな思いが駆け抜ける。

だが、凄まじい音が響いて物思いは吹っ飛んだ。機体が着陸拘束装置に突っ込んだのだ。着陸拘束装置とは航空自衛隊の滑走路端に設置されている器材で、ネット式とワイヤー式の二種類がある。オーバーランを防いで制動停止させ、パイロットの安全を確保する最後の砦だ。

基地内に場内救難を知らせるサイレンがけたたましく鳴り響く。陸はT－4に向かって走り出した。

「坂上、危険だ！」

高橋が叫んでいる。しかし、陸は立ち止まらずに駆けた。T－4に向かって一直線に走った。

滑走路には飛び散った部品や割れたキャノピーが転がっている。頑丈なキャノピーが吹っ飛ぶなんて、それだけでも只事じゃない。

機体がはっきりと見えた。ネットを無茶苦茶に巻き込み、右に傾斜した状態で停まっていた。

「大丈夫ですか！」

陸は声を張り上げながら滅茶苦茶になったネットを乗り越える。必死に機体に近付いた。

「うぅ……」

コクピットから呻き声が聞こえる。

「今行きます！」

「こっちはいい……。前を見てやってくれ……」

後部座席から教官らしき人物の手が上がり、前席を指さした。手袋が薄っすらと血で汚れているのが見えた。

陸は機体によじ登ると前席のコクピットを覗き込んだ。酸素マスクが外れ、ヘルメットをしたまま前屈みになったパイロットに容赦なく雨が降り注いでいる。

「しっかりして下さい！」

逸る気持ちを抑えてそっと座席の方に倒す。バイザー越しに顔が見えた途端、息が止まりそうになる。

そこにいたのは高岡速だった。

「高岡さん、俺です！　分かりますか！」

速は薄っすらと目を開けてはいたが、陸の呼び掛けには応えなかった。

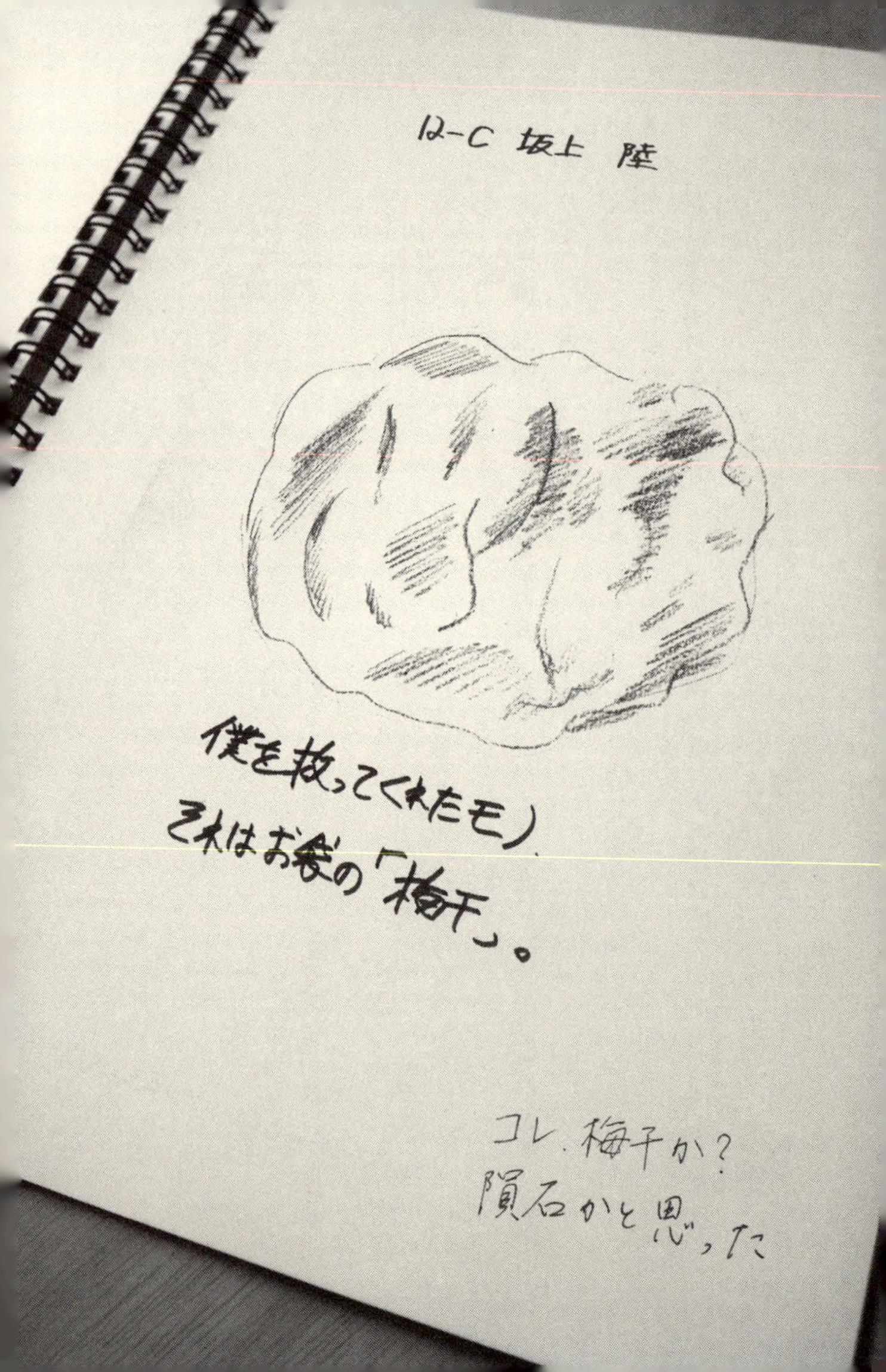
12-C 坂上 陸
僕を救ってくれたモノ
それはお袋の「梅干」。
コレ、梅干か？
隕石かと思った

第四章　朧雲《おぼろぐも》

1

福岡県遠賀郡芦屋町。その西岸地域に広がっているのが航空自衛隊芦屋基地だ。菜緒を除く四人のチャーリーは、クリスマス・イブに芦屋基地の第13飛行教育団に着隊した。防府から電車を乗り継ぎ、基地の最寄り駅である北九州市《きたきゅうしゅうし》八幡《やはた》西区の折尾《おりお》駅のホームに降り立った。その時、凄まじい衝撃を受けてその場からしばらく動けなかった。女、女、女。右も左も前もうしろもどこを向いても若い女が山のようにいる。圧倒的な光景に思わず魂が震えた。

「九州共立大学、九州女子大学、産業医科大学、九州女子短期大学、折尾愛真短期大学。ざっと挙げただけでもこれだけある」

笹木が「グフフ」と気持ちの悪い声を漏らす。嫌な奴だがこういう所だけは抜かりがない。

駅から基地に向かうバスに乗って窓から外の景色を眺める。沢山のイルミネーションに彩られた街路樹や大きなデパート、ボウリング場、お洒落なカフェ、そして道行くカップル達。久しくこんな華やかな光景を見ていなかった四人は、道すがらひたすら溜息をついた。そして思った。訓練はキツイだろう。しかし、それを慰めて余りある程のパラダイスタイムが待っているはずだと。

芦屋基地のゲートを潜ったところで雪が降り出した。古河《ふるかわ》団司令に挨拶を行う際、編み上げブーツの中の指先が凍るように冷たかった。しかし、心の中にはさっき見た光景が刻まれている。それは南国の太陽のように内側から温めてくれた。

そして、あっと言う間に年が明け、気が付けばひと月が過ぎようとしている。チャーリーは連日T－4中等練習機、第13飛行教育団の通称レッドドルフィンに搭乗して飛行訓練に勤《いそ》しんでいた。

芦屋基地に来る前から光次郎にT－4のことを沢山レクチャーされていた。まず、カラーリングが三種類あること。陸が「救急車に似ている」と例えたT－7にもっとも近いのがレッドドルフィン。翼の先端がオレンジ色で残りの全身が灰色一色のドルフィン。そして、白と青のカラーリングを施されたブルーインパルスの専用機。エンジンは二基搭載していること。F3－IHI－30ターボファンエンジンは、アフターバーナーはないけどパワーは十分に備わっている。そして純国産機であること。機体やエンジン、装備品のほとんどが国内で開発された優れもの。しかし、そんなことはたちどころに頭から消え去った。訓練は無茶苦茶キック、覚えることが山ほどあって外出もままならない。パラダイスだと信じた芦屋基地での現実がずっしりと重く圧《の》し掛《か》かっていた。

日曜日。冬の晴れ間。午後三時。学生隊舎は静まり返っている。

長谷部と光次郎はサイクリングへ出掛けた。芦屋の街を我が物にするための偵察だと言って。笹木は……知らない。姿が見えないところを見ればきっとどこかへ行ったんだろう。二階で生活しているブラボーも今日は人の気配がしない。T－4で防府北基地に着陸した際、運悪くハイドロプレーニング現象が発生して着陸拘束装置に突っ込んだ高岡速。あの時の衝撃で怪我を負った速はまだ入院中だ。どうやら隊舎に残っているのは陸だけのようだった。

当然だよな……。休日、そして久し振りの好天に恵まれたのだ。部屋の中にじっとしている方がおかしい。陸はT－4のマニュアルを閉じると、ベッドにゴロリと横になった。空を飛ぶようになっても、機種が変われば一から覚えなければならないことが山ほど出てくる。大事なことだと分かってはいるのだが、やはり勉強は苦手だ。触れて、試して、体感で覚える方が遥かに楽だった。

陸はぼんやりと天井を見つめた。薄っすらとしたベージュ色は防府北基地と同じだだが、こっちはあちこちに染みが浮いている。学生隊舎が建てられた時期はこっちが古いのかもしれない。陸は手を伸ばしてボストンバッグを引き寄せた。シャツや下着が無造作に詰め込まれた奥から文庫本を取り出す。書店で貰うブックカバーが付けられたその文庫本は小説ではない。中身はヌード写真集だ。しかも白人の熟女ものである。駅前の小さな書店に駆け込んで、中身を吟味しないまま慌てて買ったから失敗したのだった。それでも何も無いよりはマシだ。陸は枕を二つ折りにして首をもたげ、寝そべったまま写真が見えるように調整した。開いたページには、大柄で派手な化粧をしたブロンドヘアーの熟女が、カメラ目線で投げキッスを送っていた。

「………………」

いくらなんでもこれじゃあ無理だ。ページをめくる。ソファに寝そべった栗色の髪の女。胸は小振りで腹の肉もまだ弛みがない。ズボンを下ろし、いよいよ男の生理現象に没頭しようとしたところ、玄関が開く音がした。

陸は諦めてベッドから起き上がると廊下の方に歩いた。丁度喉も渇いていたし、売店に行こうと財布を尻のポケットに捻じ込んでドアを開けた。すると目の前に、スーツ姿の見知らぬ男が立っていた。年の頃、四十半ば。がっしりした身体つき。薄い紫のシャツに赤茶のネクタイ。髪は短いが日焼けはしていない。その目がジッと陸を見つめる。

基地には自衛隊関係者ばかりではなく、食料や生活用品などを搬入する業者や営業マンなど様々な人が出入りする。珍しいことも手伝ってか、たまに学生隊舎を覗きに来る人もいる。目の前のスーツ姿の男もそんな一人だろうと思ったが、陸は用件を尋ねた。

「何かご用でしょうか」

スーツ姿の男は何も答えない。一重の細い目でじっと陸を見つめたままだ。

「ここ、学生隊舎ですよ。迷われたのならご案内しましょうか」

「空き部屋はどこだ」

スーツ姿の男が言った。腹に響くような太い声とは違う。とても深い、静かな調子で。

「空き部屋……ですか？」

一瞬、刑事かな……と思った。本物の刑事には会ったことはないが、ドラマだと確かこんな感じだ。次に胸のポケットに手を入れて、警察手帳を見せる。だが、スーツ姿の男はもちろんそんなことはしなかった。

「１１６と１１８は修理中です。１０３と１０２なら空いてますけど」

なぜという顔をして陸は男を見た。男は勝手に廊下を歩き出し１０３号室のドアを開けた。

「ちょっと」

別に見られてマズいものがあるわけではないが、部外者に勝手に部屋を見せるのはよくないだろう。陸は慌てて追いかけると、「困ります」と男が１０２号室のドアを開けようとするのを制した。しかし、男は陸を無視してドアを開け、部屋の中を鋭く見回す。

「この部屋でいい。お前、掃除しとけ」

「は？」

陸はキョトンとした。男の言っている意味が分からない。

「それからブラボーとチャーリーが揃ったら伝えろ。話があるとな」

スーツ姿の男はゆっくりした足取りで玄関から出て行った。

「誰なんだよ……」

陸は呆然と男の出て行った玄関を見て呟いた。


その日の夜、ブラボーとチャーリーは隊舎の二階にある談話室に集まった。もちろん集めたのは陸だ。しかし、集められた理由も呼びかけた人物の正体も、名前すら分からないことに不平が集中した。

「俺は『イッテQ』見てバカ笑いしねぇと、一週間調子出ねぇんだよなぁ」

甲高い声。大澤収二郎だ。腕を組んだまま陸の方ではなくあさっての方を向いている。

「これで検定つまずいたらシャレにならんよなぁ」

まるで陸のせいだと言わんばかりの言い草に長谷部がムッとする。速のいないブラボーで大澤収二郎はすっかりリーダー気取りだった。風呂や洗濯機やトイレ掃除から日頃の生活に至るまで、実にねちねちと難癖をつけてくる。チャーリーはその都度振り回されて、かなりの鬱憤が溜まっていた。

「悪いなぁ大澤。こいつバカだからさぁ」

答えたのは笹木だ。笹木だけはしっかりと大澤に取り入って、快適な学生生活を送っている。あれほど速のことを崇めていたはずなのにこの変わり身の早さ。怒るよりもむしろ呆れてしまう。

「パフェで御祝いしようとしたり、絶対に食えない量の食いモンをたのんだりさ。学科試験の成績が悪くてこっちが連帯責任を取らされそうになった時も、カレー何杯もお代わりしやがってもう……。繊細さってモンがまるで無いんだよ」

「だからいつもニヤけてんのか」

そんなことはない。そう、言ってやりたかったが我慢した。

「でもさ、ほんとに最高傑作なのは天神に会いたいって——」

「笹木さん！」

陸が大声を上げた。〝天神〟の話はして欲しくない。そう目で訴えた。

「天神ってなんだ」

大澤が横目で陸を見る。

「なんでもないです」

「笹木、教えろよ」

「こいつ、空に神様がいるって本気で信じてんだ」

大澤だけじゃなくブラボーが一斉にこっちを見た。

「マジかよ」

口元に手を当てて大澤が吹き出す。

「ヤべぇ。お前ほんとにバカなんだな」

さすがに頭にきた。ぐっと右の拳を固める。だが、陸の前に長谷部が進み出た。

「笹木くんも大澤くんも、いい加減にして下さい」

「なんだよ既婚者」

大澤が長谷部を下から睨み上げる。まるで性質《たち》の悪いチンピラだ。

「お前、まだいたんだな。俺はとっくにおっぱい恋しさにウチに帰ったと思ってたよ」

長谷部の表情が固くなる。きっと奈良の幹部候補生学校にいた頃からこんな風にからかわれていたんだろう。

「長谷部さんのこと、そんな風に言うのやめてもらえませんかね」

大澤が首を傾けて陸を見る。

「なんか言ったか?」

——その時だ。談話室に一人の男が入って来た。

「は……」

真っ先に気付いたのは大澤だ。陸を通り越して向こうにいる男に視線が固まった。陸も振り返った。

「高岡さん！」

高岡速は自分を見つめるブラボーとチャーリーに向かって軽く頷いた。

「もう大丈夫なのか」

「いつ退院したんだ」

速に駆け寄ってブラボーが矢継ぎ早に質問を浴びせる。

「大丈夫だ。金曜日に退院して一日実家に立ち寄ってきた」

速は事故のあと、防府市内の総合病院に入院してレントゲン検査などを受けた。幸いどこにも骨折した箇所は見つからなかった。しかし、腰から下に痺れが広がり、歩くこともままならない。細かい精密検査が必要だということになり、埼玉県の所沢にある防衛医科大学校病院に転院したと聞いていた。だから、陸を始めブラボーもチャーリーも事故のあとは一度も速には会っていなかった。

「痺れは取れたのか」

「着陸拘束装置に突っ込んだ時、座席で腰を強く打っていたようだ。筋肉が炎症を起こして神経を圧迫し、そこから痺れがきていたらしい」

速は身振り手振りを交えながら怪我の状況を説明した。陸はそんな速を黙って見つめる。

高岡さん、ちょっと痩せたな……。そう感じた。元々体脂肪の少ない体型をしていた速ではあるが、それでも頬は少し落ち、皮膚も日焼けが取れて蒼白くなっている。

「俺もスゲェ心配してたんだよ……」

猫撫《ねこな》で声《ごえ》で笹木が必死に話しかけている。しかし、速は笹木の言葉を完璧に無視し、吉村達の質問にだけ答えた。ざまぁみろだ。高岡速が帰って来た。これでまたブラボーは速を頂点とした元の形へと戻るだろう。これで大澤も大人しくなる。

ふいに速が陸の方に視線を向けると、真っ直ぐに近付いて来た。思わず気を付けの姿勢になる。

「一番に駆けつけてくれたのは坂上だと聞いた」

「あれはたまたま……」

「ありがとう」

速が頭を下げた。

「やめて下さい。そんなんじゃないんですから」

陸が慌てて手で制すると、速はゆっくりと姿勢を戻した。

「元気になられて良かったです」

自然と笑みが浮かんだ。実を言うと、もう戻って来ないいんじゃないかとも思っていた。一歩間違えれば死ぬほどの大事故を経験したのだ。再び空に戻ることはかなりの勇気が必要になるはずだから。速は笑いこそしなかったが黙って頷いた。

「全員、席に付け」

命令したのは昼間のスーツ姿の男だった。だが今はスーツではなく、緑色の飛行服を身につけている。一体何者なのか、陸はもちろん着席した一同はこの見知らぬ飛行服の男を凝視した。

「伝えたいことは二つだ」

前口上無しに男が切り出した。

「本田《ほんだ》3佐に代わって明日から俺が主任教官を務めることになった。大松《おおまつ》だ」

ざわつく学生を無視して大松が話を進める。

「もう一つ。本日より高岡速をチャーリーに編入する」

嘘のようにざわめきが止んだ。高岡さんをチャーリーに……。大松が部屋を掃除しろと言った理由がこれで分かった。陸は斜め向こうに座っている速を見た。速は静かに前を見つめたままだ。動じた様子は無い。

「一週間かそこらなら、遅れた分を補習で取り戻すことは可能だ。しかし、高岡の入院はリハビリを含めて一ヵ月を超えた。検討の結果、チャーリーに編入して訓練する方がいいと判断した。以上だ」

質問も何も受け付けない。大松はそれだけを言うとさっさと談話室を出て行った。

「ここです」

陸が速を102号室に案内した。速が入るのならもう少しちゃんと掃除しておけば良かった。そう思ったがもう遅い。速はチラリと部屋を見ただけで、床にボストンバッグを置いた。

「大丈夫ですか」

「隊舎の部屋はどこも同じようなもんだ」

速は既に一度、114号室を使っているから勝手は分かっている。

「そうじゃなくて……」

陸の脳裏にはあの時の光景がまだ生々しく残っている。雨に濡れた滑走路に着陸したT‐4が、水飛沫を巻き上げながら滑走する。あの時、まるで止まる気配を感じなかった。直感でオーバーランすると分かった。駆けつけた時、キャノピーが無くなったコクピットの中で速はうつろな顔をしていた。顔だけじゃなく首も手も血の気を失って真っ青だった。駆けつけた救急隊によって担架で運ばれる時も、蠟《ろう》のような肌の色は戻らなかった。

「ほんとに無事でよかったです」

「どこか変わったように見えるか」

「どこかって……」

陸は速を見つめ、さっき感じたことを正直に伝えた。

「ちょっと細くなった感じがします」

速は小さく溜息をついた。

「今、カリキュラムはどの辺だ」

「次から夜間飛行です」

「そうか……」

今度は速の表情が俄《にわ》かに曇った。

「そっか。高岡さんがブラボーにいた時よりも、チャーリーのカリキュラムって進んでるんですよね」

「一ヵ月留守にしていたからな」

「でも問題ないっスよ。高岡さんならすぐに追いつきます」

お世辞でもなんでもない。速ならあっと言う間に遅れを取り戻すに違いない。陸はそう思った。なんといってもあの高岡速なのだから。

「どうしてお前にそんなことが言える」

「え……」

「どうしてお前にそんなことが分かるんだ」

陸に向けられた目。とても暗い目だ。陸はちょっとびっくりした。速のこんな目はこれまで一度も見たことがなかった。鋭いけれど、その奥にはいつも自信たっぷりの強烈な光を湛《たた》えていた。陸は一瞬言葉を失った。

速は手の平で顔を撫でると、「悪い。疲れたから一人にしてくれ」そう言ってドアを閉めた。残された陸はドアに向かって「おやすみなさい」と呟くと、薄暗い廊下を歩き出した。さっき自分に向けられた速の目が頭から消えない。高岡さん、疲れてるんだ……。陸は自分にそう言い聞かせた。

「どうだった？」

部屋に戻ると、長谷部の他に光次郎と笹木の三人が待っていた。

「どうって」

「バカ。高岡の様子に決まってんだろ。チャーリーになったこと、嫌がってなかったか」

笹木は速が同じ班になったのが嬉しくて仕方がないようだった。

「そんなことは何も言ってなかったけど」

「そうか。なら来週の金曜、空けとけよ。高岡の着隊祝いすっからな」

「それを言うなら着班でしょ」

　光次郎が突っ込む。

「うるせぇ。言い方とかはどうでもいいんだ。天神、お前店探せ」

「だからその呼び方、やめて下さい」

　本気で言った。笹木は陸から目を逸らすと、「じゃあお前」と光次郎を指差す。

「店なんか知らない」

「嘘付け。この前、長谷部と外に出たの、知ってんだよ」

「あれはT－4の写真が撮れる絶景ポイントを探しに――」

「高岡に失礼のない店にしろよ、俺に恥かかせんな」

　光次郎の抗議なんて一切受け付けない。どころか心ここに在らずといった様子で笹木は部屋から出て行った。ついさっきまで大澤にべったりだったくせに、速が戻った途端に身を翻す。

「そんなに言うんなら自分で探せって」

　笹木が出て行ったドアに向かって光次郎が不平を漏らす。

「あーあ……、なんかこの先色々やり難くなりそうでヤダなぁ」

　確かにそうかもしれない。ブラボーのリーダー、高岡速が突然チャーリーに編入されて来るのだ。せっかく落ち着いて来たチャーリーの雰囲気が一変するのは避けられない気がする。

「こんな時、菜緒がいてくれりゃぁな……」

菜緒がいたら……か。いたらなんと言うだろう。

「じたばたすんなや！　ですかね」

長谷部が笑って言った。

「あぁ、それ言いそう」

陸が頷く。

先日、鬼太郎のストラップと一緒にチャーリー宛に写真が届いた。菜緒は輸送と救難を目指す学生十四人のど真ん中に収まっており、実に豪快な笑顔を浮かべていた。菜緒はもう新たなメンバーと新たな道を歩み始めている。だったら俺達も立ち止まらずに新たなメンバーと進まなければならない。

「光次郎くん、私もお店を探すのお手伝いしますよ」

「俺も」

光次郎は口元をへの字に曲げたまま頷いた。

陸の中にはまだ自分に向けられた速の暗い目の残像が残っていたが、それを払い除けた。高岡さんは疲れてるだけだ。きっとなるようになって最後は上手くいく。

2

「高岡、気分はどうだ」

「問題ありません」

速は無線越しに後部座席にいる大松の問いに応えた。一ヵ月半振りだ。T－4のコクピットに乗り込み、機体を飛ばす。そのことに不安が無いわけではなかったが、飛ばしてみると拍子抜けするくらい気持ちも機体も安定していた。呼吸も乱れず、脂汗も掻かない。眼下には事故の日と同じように玄界灘が見える。濃紺色。九州の海は他と比べて色が濃いと聞いていたが、確かに青と言うより黒に近い。それを見ても心が騒ぐこともない。速は徐々に北東に進路を変えながら、訓練海域のある山口沖を目指した。

チャーリーに編入されたといっても、すぐにカリキュラムに戻されることはない。遅れている分を補習で取り戻しながら、徐々に訓練に復帰する。大松からはそう告げられていた。

暫くはチャーリーともほとんど顔を合わせることはなくなる。速としてもその方が気が楽だった。

特にあいつとは……。

防府北基地時代、チャーリーのお荷物と呼ばれていた坂上陸。初級操縦訓練中はかなり長い間、空酔いで苦しんでいたのを覚えている。しかし、芦屋基地に来てT－4に乗り始めてからは、まるで水を得た魚のようだと見舞いに訪れた教官達が声を揃えて話した。やはりパイロットの血を受け継いでいるのだろうとも。そんなことがあるものだろうか。速は何ごとも自分の目で見ないと判断をしない。陸の噂を耳にしても素直に信じる気にはなれなかった。しかし、そんな気持ちとは裏腹に、身体の奥深いところがざわざわと騒いだ。

所沢の防衛医科大学校病院に転院するとすぐリハビリを始めた。もちろん医者からは身体を動かすことを固く禁じられていたが、寝たままでは筋肉は確実に落ちていく。ベッドの上で腹筋をしたり、足を上げてお腹に負荷をかけたり、両手の指を交互に握り合わせて左右に引っ張ったり、出来ることはなんでもした。そのことで聡里とはちょっとした言い争いになった。速のすることには何も反対したことのない聡里が、リハビリを止めるように求めたのだ。都内で幼稚園の教員をしている聡里はだいたい三日おきに見舞いに現れた。幼稚園の仕事は朝が早く、園児が帰ったあとも細々《こまごま》とした催し物の準備などがある。想像以上にハードワークだ。しかし、少しでも時間があると車を飛ばしてやって来た。着替えや身の回りの世話、そして差し入れ。奈良の幹部候補生学校に入って以来、暫く顔を合わせていなかったから、聡里は口にこそ出さなかったけれど嬉しさを滲《にじ》ませていた。それは速にも分かっていたが、それに応える気持ちの余裕が欠けていた。

「お医者さん、まだ動いちゃいけないって……」

「自分の身体は自分が一番良く知ってる」

「でも、それで後遺症とか残ったら……」

「お前、いつからそんな差し出がましいことを言うようになったんだ」

聡里が哀しい目をして俯いた。

「私、変わってないよ。変わったのは速くんの方だよ」

俺が変わった……？

「俺は何も変わってなんかない」

「速くん、どうしてそんなに焦ってるの」

訓練に復帰してすぐ、陸の操縦をこの目で見た。爆音を残して大空へ飛んで行くT－4の翼が太陽に反射してキラリと輝く。他の連中と操縦技術がどう違うかは上手く言葉に出来ない。ただ、感じるものはあった。何かはよく分からない。でもこれだけは言える。防府にいる時の坂上陸ではない。

「高岡、自由に動かしてみろ」

再び大松が声をかけた。

「はい」

速は周りに障害物がないかどうかを確認し、左旋回を始めた。操縦桿を倒すのではなく、頭の中でイメージする。T－4は速の描いた通りに左に機体を傾け緩やかに旋回した。

「よし、いいぞ」

本当だろうか……。大松の言葉が素直に受け取れないのが苦しい。

速は次々に空中操作を試した。最初はシャンデル。機体を左右に45度前後横転させてから操縦桿を引き、回転を半分行ったところで機体を水平に戻す動作。こうすることで進路を180度転換することが出来る。次にループ。水平飛行状態から操縦桿を引いてそのまま背面状態になるまで機首を上げる。頂点に達したら再び水平飛行へと戻す動作。スプリットS。機体を180度横転させ、背面飛行状態になってから操縦桿を引いて進路を180度方向変換する動作。

——飛ばせる。次第に自信が湧いてくる。常に目標を高みに置き、必ずそこに到達してきた。何を焦る必要がある。俺はそれだけのことを幾つも成し遂げてきたじゃないか。きっと今回もそうなる。そう出来るはずだ。最後には誰よりも上手く、この機体を操れるようになる。

「時間だ」

大松が声をかけるまで、危うく存在を忘れていた。それくらい速は操縦に没頭した。

「帰投します」

ノーズを芦屋基地のある南西に向けると、時速６００㎞で帰路についた。


大松教官とのブリーフィングを済ませ、第一飛行教育隊の建物から駐輪場へ向かって歩いていると、背中から声をかけられた。笹木だった。

「お疲れさん」

ニコニコと笑みを浮かべながら笹木が缶コーヒーを差し出す。ちょうど喉が渇いていた。速は遠慮なく缶コーヒーを受け取った。

「あのさ、週末なんだけど何か予定とか、ある？」

速は怪訝な目で笹木を見た。

「実はさ、高岡のチャーリー着班祝いをしようってみんなで話をしてるんだ」

またそんな無駄なことを……。せっかくの高揚した気分が崩れていく。

「そんなことはしなくていい」

「遠慮すんなよ」

遠慮じゃない。そういうことは時間の無駄なんだ。本当はそう言ってしまいたかった。

しかし、これからのこともある。特に厄介なのが編隊飛行だ。二機で一つの行動を取らなければならない。そのためにはハンドシグナルや呼吸合わせなど、細やかな意思疎通が絶対に欠かせない。

「分かった」

打算で答えた。

「よっしゃ！」

速は『雲乗疾飛の会』の頃から笹木の笑顔がどうにも好きになれない。すぐさま視線を外した。

「坂上みたいなバカと一緒になって、色々と嫌な思いとかするかもしんねぇけどさ。俺がいるから」

お前がいるからどうなんだ。話を終わらせたくて缶コーヒーを一気に飲み干す。笹木がすかさず手を伸ばし、速から空き缶を奪い取った。

「捨てとくよ」

「俺はまだ学科の補習がある」

そう言って自転車に跨《また》がる。

「じゃあ夕食の時に。あ、そうだ」

まだ何かあるのか……。速は足をペダルに掛けたまま、うんざりした面持ちで笹木の言葉を待った。

「さっき高岡が着陸するところをみんなで見てたんだ。ナイスランディングだった。接地した時、煙もほとんど上がらなかったし。でも、坂上のバカが――」

「坂上がなんか言ったのか」

「別に大したことじゃないんだけど」

「あいつはなんて言ったんだ」

「危ないって」

「坂上はどこにいる」

「え……」

「どこにいるかと聞いてる」

笹木はその剣幕に驚いて瞬きをした。

「多分まだ整備格納庫にいると思うけど……」

笹木の言葉を最後まで聞かず、速は整備格納庫の方へ急いで自転車を漕《こ》ぎ出した。

速が駆けつけた時、陸は歳の変わらないような整備員二人とアイドルの話で盛り上がっていた。

「あ、高岡さん」

陸が速を見つけて声を掛けてきた。

「話がある」

低い声が出た。陸はもちろん整備員達も速の只ならぬ様子に驚いて顔を見合わせる。

速は陸の答えも聞かず、踵を返すと整備格納庫をあとにした。

「どうかしたんですか」と何度も陸が尋ねたが、整備格納庫の裏手へと回る間、速は一言も口を開かなかった。

「お前、俺の着陸を見て危ないと言ったそうだな」

「また笹木さんですね……。あの人、ほんとにお喋りだなぁ」

「笹木のことなんかどうでもいい。なぜ危ないと思ったのか理由を説明してもらおう」

「あの……なんか怒ってますか」

陸が頭を掻いた。

「まいったなぁ」

「別に怒ってなどいない。理由を聞きたいだけだ」

「ただ、なんか危ないって思ったんです。そしたら声が出てました」

へへへと陸が笑った。なぜここで笑う？　馬鹿にされたような気がしてぐっと怒りが込み上げてくる。速はそれを抑えると、「だからどこがどう危ないと思ったんだ」と重ねて問《と》い質《ただ》した。

「怒らないで聞いて下さいね。う〜んとですね、ちゃんとし過ぎてるっていうか、綺麗過ぎてるっていうか、なんかそんな感じがしたんです」

「抽象的過ぎる。もっときちんと説明しろ」

「だから説明とかじゃなくって、なんかそんな感じがしたんです。今日、風が結構強いじゃないですか、滑走路に入る時は横風受ける感じになりますよね。なのに、そんなの関係ないみたいに機体の姿勢が完璧だなって……」

ふいに防府北基地での検定飛行のあと、ブリーフィングの席で高橋に言われた言葉を思い出した。あの時も姿勢のことを正された。

「常に安定した姿勢を保ち続ける。そこにこだわって何が悪い？」

「悪いなんて言ってません」

「確かに風は強かった。しかし、俺は流されないで降りられると判断した」

「変なこと言ってごめんなさい、謝ります」

陸は頭を下げた。

速は陸に背中を向けて歩き出した。「高岡さん」と呼び掛けられたが無視した。歩きながら、今自分はどんな顔をしているのだろうと思った。険しいというより、間違いなくショックを受けた顔をしているだろう。陸は見抜いている。自分の心の内側にある不安を。パイロットの素質について僅かに自分を疑い出している、そんな気持ちを。

いつの間にか身体が震えていた。こんな屈辱感は生まれて初めてかもしれない。

「くそっ」

地面を蹴った。思いっ切り。

その日以来、速はチャーリーを避けるようになった。食事も風呂も、どんなに誘われても決して加わろうとはしなくなった。かといって昔の同僚であるブラボーに加わることもしなかった。理由をつけて着班祝いも無しにした。学生唯一の楽しみである週末も基地から離れず、ひたすら勉強に専念した。もう一度、T－7とT－4を機体設計から洗い直し、徹底的に両機の違いを検討した。マニュアルだけでなく、パイロットの書いた資料や本を片っ端から読んだ。そうすることですべてを自分の血肉にしようとした。今はもうチャーリーもブラボーも遠巻きに見ているだけだ。教官達も勉強するなとは言えないから、速のすることを黙認していた。速にとってもそれは好都合だった。誰にも邪魔されることなく、ただ純粋に飛ぶことだけを考えた。

入院の遅れを取り戻した速は正規のカリキュラムに復帰した。

3

フライトルームで担当教官が現れるのを待っていた。今日の教官は菅原《すがわら》3佐だ。細身ですらりとした長身、顔はちょっと福山雅治に似て甘い。しかし、舌鋒《ぜっぽう》の鋭さは天下一品だ。でも、陸は意外と菅原3佐とは気が合った。もちろん向こうはどう思っているか知らない。ストレートな物言いの分、伝えたいことが分かり易いのだ。今日のフライトでも、あの閉じられた空間の中で思いっ切り罵倒されるに違いない。しかしその分、次のフライトでは操縦技術がアップしていた。

　五人の教官達が部屋へ入って来る。陸は下を向いて今日のフライトプランを再チェックしている長谷部の肩を突いた。

「あ、起立」

　慌てて長谷部が号令をかける。教官達の中に菅原の姿は無く、代わりに陸の前に立ったのは大松だった。

「よろしくお願いします」

　首を傾げつつ挨拶をする。

「俺じゃ不服か」

「いえ、そんなんじゃ……」

　どうして担当教官が代わったのか、大松はそんな説明など一切しない。どっかりと椅子に腰を下ろすと、今日のプランの説明をしろと顎をしゃくっただけだ。大松とはこれまで一緒に飛んだことは一度も無い。多少の不安を覚えたが、陸は気持ちを切り替え、腕組みをしている大松に説明を始めた。

　滑走路を飛び立ってぐんぐん高度を上げて行く。プロペラとは全くパワーの違う強力なジェット。この飛翔感は味わった者でないと分からない。低層雲を突き抜けると、そこは青色と光だけの世界になる。単に青といっても薄い青から中間くらいの青、そして濃い青と様々だ。そこに太陽の光が被さってとても幻想的な世界が広がる。〝天神〟の世界だ。更に高度を上げるとコクピットの中が冷たくなっていく。手袋をした手でキャノピーに触れると氷のように冷たい。でも、太陽が当たっている部分は熱く、バイザーを下ろしていても日焼けするほどだ。

訓練高度に達した。上昇をやめて水平飛行に移る。T－7の訓練高度はおおよそ1万ftから1万1000ft。3000mから3300mの間を飛ぶ。それくらいの高度であれば、山の形状はおろか大きな工場の煙突、道路、鉄塔などもはっきりと認識出来る。目標があれば自分がどっちに向いて飛んでいるのかが分かる。だが、T－4になると訓練高度は2万5000ftまで跳ね上がる。地上より7620m。それまでの目標物はただの点になる。海に出れば対象物が何も無いから自分が止まっているように錯覚する。そして静かだ。乗ってみてこれも初めて知ったことだが、戦闘機は驚くほど揺れないように出来ている。陸は辺りを見渡した。自分がどんどん青色に溶け込んでいくような気がしてとても気持ちが安らぐ。だがそれもほんの束の間だ。

「ボケっとするな」

大松の野太い声が耳の奥に響く。

「エルロンロール、実施します」

陸は操縦桿を握ったまま周囲を見回し、何も障害物が無いことを確かめた。

「80％、88％、ノーズアップ。右からナウ」

エルロンを使って横方向に機体が回る。エルロンとは左右の主翼に付いている補助翼のことだ。それが互いに反対方向へ動くことで機体が左右に回転する。そのまま360度のターン。さーっと視界が駆け抜けていくのを感じる。

「次だ」

「エリアチェック。ネクスト、ループを実施します。ナウ」

今度は機体が縦方向に旋回する。身体にぐんぐんとGがかかる。自分の呼吸音と計器のブザー音が混ざり合う。

「チェックエアスピード、180。目標チェック、4G……」

自分の声が圧迫感に押し潰され、陸はカエルのようだと思った。

「ループ終了」

360度の回転も完璧だった。しかし、大松は全く何も感想を漏らさない。

「さっさと次にいけ」

はいはい、分かりましたよ。菅原ならきっと怒鳴りながらも何か感想を言うはずだ。なんて張り合いのない人なんだ、そんなことを思いつつ陸は次の操作に取り掛かった。

「ネクスト、スプリットS。実施します。200ノット、ナウ」

横方向に180度回転した状態から、さらに縦方向に180度ターンする。またしても「ププププ」と警告のブザー音が鳴るが、陸の心は逆に沸き立つ。まるで鳥になったような感じだ。

大松から言われる通り、その後二、三度空中操作を行って帰路についた。

機体から降りて飛行後のブリーフィングを受けるためにブリーフィングルームに入った。しかしここでも大松はチェックシートを眺めたまま、何も感想を漏らさない。陸はとうとう痺れを切らした。

「教官、なんか言って下さい」

「何をだ」

何って……。

「ここがどうだったとか、あそこがどうだったとか」

「お前はどう思ってる?」

逆に大松から尋ねられた。

「まぁまぁの出来だったかなぁって」

「なら完璧に出来るように改善しろ」

大松はそう言い残すと席を立った。

意味が分からない。陸は啞然として大松の背中を見送った。

その日の夜、風呂に浸かってそのことを話すと、「自慢か」と笹木に嫌な顔をされた。

「自慢とかじゃないですよ」

「あんた、大松のこと苦手だもんね」

光次郎が含み笑いをする。笹木は足を延ばすと、光次郎の顔に思いっ切りお湯をかけた。

「大松教官が何も言わなかったのは陸くんが上手いからですよ」

長谷部が顔を掌で拭う。

「そうかなぁ」

「私も笹木くんも光次郎くんもみんなそう思ってます。教官達もそうみたいですよ」

「教官達も……？」

そんなことは初耳だ。

「私、トイレで池田《いけだ》2佐と芝《しば》3佐が陸くんの話をしてるの、聞きましたから」

「なんて言ってたんです」

身を乗り出して聞いた。

「坂上と乗るのは気が進まないって」

なんだそれ。陸が怪訝そうな顔をすると、

「陸くん、芝3佐の操縦で何か質問しませんでしたか」

そう長谷部が言った。

「そう言えば確か……ロールに入るタイミングのことを」

「それです。芝3佐、エルロンロールを教えてる時、入るタイミングを外したそうです。でも、それを学生に指摘されるとは思わなかったと言ってました」

「凄いな、陸」

光次郎が感心する。

「だから、あんまり教えることがないくらい上手いってことですよ」

「そうかなぁ……」

「長谷部、あんまりおだてるとこいつ調子に乗るぞ」

「乗りませんよ」

「天神」

「やめて下さい」

「天神！」

「うるさい！」

笹木と言い合いをしながらも陸は心が浮き立つのを感じていた。墜落間際だ、チャーリーのお荷物だと仇名されてきた陸にとって、この変化は素直に嬉しいことだった。

芦屋基地での訓練はいよいよ最終段階に入った。編隊飛行だ。編隊飛行はファイター・パイロットにとって重要な位置付けを持つ。通常、どんなミッションも一機で行うことはほとんどない。スクランブルも戦技も全て二機以上が原則となる。しかし、陸は不安を覚えた。それは速のことだ。速の操縦技術は今の所「優」「良」「可」を往き来しているといった状態だ。でも、心配なのは技術じゃない。速がチャーリーと一切のコミュニケーションを断っているところに問題があった。

防府北基地でも簡単な編隊飛行の訓練はやっていたが、やはりプロペラとジェットでは感覚が違う。ハンドシグナルにまごついたり、計器に気を取られて相手の位置を僅かでも見落としていると、あっと言う間に距離が離れて編隊どころではなくなるのだ。編隊飛行が近くになるにつれ、チャーリーの面々はこれまで以上に一緒に行動を取るようになった。真面目な話からバカ話まで色んな話をし、相手の癖や間の取り方を分かろうと努めた。

二人一組になってグラウンドで自転車を走らせる。先を行くのはリーダー役、斜めうしろに付いているのはウイングマン役。陸は長谷部の斜めうしろを走りながらひたすら自転車の後輪だけを見つめた。周りの景色は一切見ない。ただ後輪だけだ。長谷部がカーブを曲がる。陸も同じタイミングでカーブを曲がる。ほんの僅かな車輪の動作で長谷部の進みたい方向が分かる。今度は陸がリーダー役に回る。長谷部がピッタリと付いて来る。笹木、光次郎、全員が相手を変え、役を変え、延々とグラウンドを走る。だが、やはりそこに速はこなかった。一応声をかけてはみたが、あの日以来、視線を合わせることすらままならなくなっていた。

その日、陸は長谷部と二機編隊を組んだ。光次郎は井坂教官と。速と編隊を組んだのは笹木だった。機体がエプロンに到着するなり、速はコクピットを降りて笹木の元に向かった。そして、笹木の胸倉を掴むと、整備士やチャーリーが見ている前で激しく笹木を罵倒したのだ。

「なぜ俺のハンドシグナルを無視した」

「無視なんかしてねぇよ……」

「左旋回の時も右旋回の時も、お前の反応が遅いから揃わなかったんだぞ」

「そんなこと言ってもあれがハンドシグナルだって分からなかったんだから仕方ねぇだろ。俺達はいつもこんな感じでやるから」

そう言って笹木は手の平を垂直に立て、左に向けて二、三度振った。それはチャーリーが取り決めたハンドシグナルだ。

「高岡のは動きが小さ過ぎてよく見えなくて……」

「言い訳するな。お前はウイングマンだ。リーダーの指示に従う義務がある。それを怠ったんだ」

「そんな……」

笹木の目が潤んでいる。

「待って下さい」

我慢出来ずに陸が間に入った。

「お前には関係ない」

「あります」

速がこっちを向いた。まるで弓矢のように鋭い視線だと思った。一瞬、怯《ひる》みそうになるがここは負けちゃいけない。陸は腹に力を入れてなんとか踏ん張った。

「高岡さん、なんで俺達ともっと話さないんですか。こんなのただのコミュニケーション不足ですよ。一回でも一緒に手合わせしとけばこんな風にならなかったはずです」

速は黙って陸を見つめている。

「お願いですから一緒に訓練してください。飯食ってください。風呂入ってください。いろんな話してください。俺達、チャーリーじゃないっスか」

溜まったものが一気に出た。そう。速はもうブラボーじゃない。チャーリーなのだ。だったら仲間として共に行動して欲しい。

「高岡くん、私からもお願いします」

長谷部がおずおずと続く。笹木はずっと俯いたままだ。肩が小刻みに震えている。

「高岡さん、長谷部さんが急性アルコール中毒で倒れた時、言いましたよね。武人なら身の丈をわきまえろって。俺、それまで自分を武人なんて思ったことありませんでした。でも、傍から見たらそうなんだよなぁって。だから、恥かしくないようにちゃんとしようって思ったんです。高岡さんから見たらまだまだ俺達、全然レベル低いと思います。でも、たまには俺達のところにまで降りて来てくれませんか……」

「武人か……」

速がポツリと呟いた時、陸は気持ちが通じたと思った。

「一緒にいようとかもっと話をしようとか、それが何になるというんだ。馴れ合いこそ武人にとって最も恥ずべきことじゃないのか。俺達がやっているのはただ空を飛ぶだけじゃない。この国を守るために闘って相手を倒すことなんだぞ」

「邪魔だ」と笹木を押し退けて速はエプロンから出て行った。


「今日も引き続き編隊飛行の訓練を行う」

朝の全体ブリーフィングのあと、チャーリーを前にして大松が言った。

「組み合わせは、A組のリーダーが高岡、坂上がウイングマンだ」

陸が速と組むのはこれが初めてだった。陸は長谷部を挟んで右に座っている速の方を見た。速は背筋を伸ばし、真っ直ぐに前を向いたまま微動だにしない。

だよな……。もう、何を言っても速はチャーリーと行動を共にはしないだろう。どうしてこんな風になってしまったのか。多分、あの時からだ。陸が速の着陸に感想を漏らした時。もちろん駄目出しをしたつもりなんて毛頭ない。しかし、誰よりもプライドの高い速を傷付けたことは間違いない。陸は返す返す自分の言葉を呪った……。

Ｔ－４に乗り込んでエプロンから滑走路へと移動する。速の乗った機体がすぐ前にいる。

「高岡さん」

陸は思い切って無線で呼びかけた。しばらくの間があって「何だ」と速の声がした。

「高岡さんが俺を嫌うのは構いません。でも、お願いします。もう一度昔みたいにみんなのところに来て下さい」

「………」

「もし俺が今日のフライトで最後まで高岡さんに合わせられたら――」

「ツー・レフト・サイド」

自分の左側に付けろという意味だ。

「ツー」

陸は了解の合図を送ると、そのまま斜め左に機体を動かした。

ゴーッとエンジンが唸りを上げる。地鳴りのような振動が身体全体を包む。速がスタートした。ほとんど同時に陸も滑走を始める。二機は連動するように空へと飛び立った。

訓練空域に入ってからが訓練ではない。向かう最中《さなか》から戻ってくるまで、全部が編隊飛行訓練だ。３００ノット、時速５００㎞で飛ぶ。その間も陸は速の斜めうしろにぴったりと張り付いて飛んだ。見ているのは速の機体の左主翼のみ。それだけに集中した。後部座席にいる菅原教官のことなどまるで頭にないくらいに。

「訓練空域に入った。これより訓練を開始する」

「了解」

速がコクピット越しにハンドシグナルを出す。しかし、陸はそれを無視した。高岡さんの呼吸に合わせろ……。速の機体、翼が微かに震えた、ように見えた。右旋回だ——。瞬時に対応した。速の機体が右に傾くよりも早く。

リーダー機の外側にウイングマンがいる場合、旋回の半径は外回りの分どうしても広くなる。遅れないためにはリーダー機より早く、そしてエンジンのパワーをより強めなければならない。ググッとGがかかる。Gスーツを着ていても下から絞り上げられているような感じだ。それでも陸は速の機体の左主翼から目を離さない。速が上、陸が下、二機の距離は約20ｍを保ったまま右旋回を終えた。

今度は左だ——。内回り。僅かにパワーを落とす。翼を見つめながら速の機体に添わせるようにして旋回を続ける。自分の位置が下がらないように気をつけながら旋回半径を修正する。それを何度か試した。

何度やっても陸は見えない糸で繋がっているように飛んだ。まるで獲物を追いかける猟犬のような正確さで。今頃コクピットの中で速は焦っているだろう。相当な圧迫感を感じているはずだ。その時だ。ふいに機体が激しく揺れた。見えない壁にでも激突したかのように猛烈に。陸は何が起こったのか分からず、必死で操縦桿を摑んだ。何かに摑まっていないとどこかに吹っ飛ばされてしまいそうだ。

「バカヤロウ、何やってんだ！」

菅原が怒鳴る。

何って……。

「何やってんだよ、お前ら二人は！」

頭が真っ白になった。余りの振動の凄まじさに何度もヘルメットがキャノピーにぶつかる。その度にゴッゴッと鈍い音がした。

「Ｉ　ｈａｖｅ！」

『Ｉ　ｈａｖｅ』とは操縦を貰うという訓練用語だ。教官が学生に操縦を任せられないと判断した時、強制的に操縦系統を奪われる。これは学生にとって最も屈辱的な行為だ。

菅原の声は怒鳴るというより叫びに近かった。陸の操縦系統が強制的に奪われ、菅原の手に移る。

「ぶつかるつもりかよ！　おい、坂上！」

「すみません、もう一回やらせて下さい」

「無茶苦茶するバカに操縦なんかやらせられっかよ！」

速に喰らい付くことだけに意識を集中していた。その結果が生んだトラブルだった。

菅原が訓練中止を告げ、芦屋基地に機首を向けた。対馬沖から芦屋方面には朧雲《おぼろぐも》が出ており、太陽の光が薄っすらと遮られて霞んでいるように見える。陸は大好きな空が急に遠くに霞んだように感じていた……。

陸は速と一緒に教官室に向かった。なんの会話も交さず、ただ真っ直ぐに廊下を歩いた。廊下の空気はいつも以上に冷たく感じた。速が教官室のドアをノックする。中から「入れ」と大松の声がした。

教官室の中には大松一人だった。椅子に座ってじっとこちらを見つめる。静かな佇《たたず》まいだったが、その目には顕かに怒りが溢《あふ》れていた。机の上には担当教官のサインが入った報告書があり、赤い文字で『重要インシデント』と書かれている。陸はその当事者になった自分が溜まらなく情けなかった。隣にいる速は今、どんな気持ちなんだろう。ダメだ。頭がぼんやりして何も考えられない。

「報告は受けている」

大松が書類を叩いた。

「ジェット後流《こうりゅう》に入って、危うくアン・コントロール寸前だったそうだな」

ジェット後流……。あれが……。陸はあの時の凄まじい衝撃を思い出して身震いした。操作に熱中するあまり、何時の間にか自分のコースがズレて、速のエンジンが噴出する流れの中に入ってしまったのだ。

「分からんのはどうしてこんなことが起こったかだ」

大松はそこで言葉を切った。自分の口で説明しろということなのだろう。何から話せばいいのか、どこまで遡ればいいのか、迷っていると、

「訓練自体は完璧でした」

速が先に口を開いた。

「私がリーダー機を務め、坂上がウイングマンを務めた二機編隊訓練はとても上手くいったと思います。今回のことはミスではなく偶発的なものです」

「偶発的？」

「はい」

陸は驚いて速を見た。

「そうなのか」

大松が陸に尋ねる。

「その……僕があの時、リーダー機のうしろに寄り過ぎたから……」

「坂上のコース取りに問題はありません。あるとすれば左右にブレた自分に問題があります」

大松は黙ったまま陸と速を交互に見た。

「分かった。ただし、お前らにはこれを与える」

大松はピンク・カードを差し出した。本日のフライトの不合格通知だ。速がピンク・カードを貰ったことがあるかどうかは知らないが、陸は初めてだった。

「申し訳ありませんでした」

陸は大松に頭を下げ、速のうしろに続いて教官室を出た。

「大松教官、今日のこと分かってて見逃してくれたんでしょうね……」

廊下を先に立って歩く速に声をかけた。

「担当教官の目だって節穴じゃない。今日のお前の飛び方をみれば誰だって気付く」

「多少ムキになったのは認めます。でも、それは……高岡さんがイメトレを一緒にやってくれないから――」

「こうなったというのか」

速は歩みを止めた。

「違うな」

前を向いたまま答えた。

違う？　どこが。

「違いませんよ」

つい声が大きくなった。速が肩越しにこっちを見る。

「お前のプレッシャーの掛け方は尋常じゃなかった。俺は途中からこう感じていた。これは僚機じゃない。敵機だと」

「敵機って……」

「チャーリーのためとかもっともらしいことを口では言うが、それは違う。お前は俺に勝ちたいだけだ」

速の背中が遠ざかる。陸は一歩も動けずその場に立ち尽くした。

4

机の上に置いたスタンドの灯りがぼんやりと部屋の中を照らしている。速は壁際に立って精神統一をしていた。目を閉じると昼間の光景がありありと浮かぶ。離陸して訓練空域に辿り着き、旋回をする。ピッタリとうしろに張り付いた陸の機体。叫び声を上げそうになるほど恐ろしかった。今でもその恐怖感は全身に残っている。だが、本当に恐ろしかったのは別のところにある。それは坂上陸本人だ。陸は速が出したハンドシグナルを全く見なかった。それはキャノピー越しにはっきりと分かった。それなのにだ。自分が旋回に入るタイミングや方向に完璧に合わせてきた。しかも、先読みするように……。教官にやられたのならまだ納得出来る。だが、相手は学生だ。年下の、あの甘ったれた坂上陸なのだ。そんな陸に対して今まで感じたことのない圧倒的なプレッシャーを感じた。

パイロットの血——。そんな言葉が頭の中をかすめる。祖父、父がパイロットという家系。それを自分が超えるためにはどうすればいいのだろう。口が裂けても言いたくはないが、自分より陸の方が現時点で操縦技術が上なのは疑いようがない。

「くそっ」

上体が揺れて持ち上げた右足が床に付いた。腕時計を見るとまだ二分も経っていない。五分で鳴り出すように設定したアラームを切ると、ベッドの柵に掛けてあるタオルを取って顔を拭った。べっとりとした汗が全身に浮き出ている。冷や汗だった。速は部屋を出た。精神統一を途中で止めたことはこの五年間に一度も無い。微かな後悔が湧いたが、再度チャレンジしても続かないことは目に見えていた。

速は隊舎を出た。芦屋基地の中には大きな松の木が何本も生えている。隊舎の前にもそれはあった。速は松の木の根元に近付いた。何か大きな拠《よ》り所《どころ》を求めたい、そんな気分だった。ふと見知らぬ父親のことを思った。

両親は速が生まれてすぐに離婚していた。速は父親の顔を知らない。父親が出て行った理由も知らない。芙美の顔を見ればそれは聞かない方がいいことくらい分かった。

学校から帰ると芙美はいつも診察中だった。

「ごめんね。すぐご飯にするから待ってて」

「いいよ。大丈夫」

それがいつもの挨拶だった。

休日でも急患が出れば必ず診てやる。真夜中でも同じ。だから速は芙美と旅行をした記憶が無い。運動会も授業参観も発表会も、何一つ芙美は来なかった。もちろん子供の頃は寂しかった。しかし、大人になるにつれ、芙美の置かれた立場、女手一つで子供を育てるという大変さを理解するようになった。

芙美はいつも沢山の本を買ってきてくれた。小説、ノンフィクション、科学本、マンガ。子供が読むには早すぎるようなものまで、だ。多分、内容まで確認する余裕はなかったのだろう。ただ、速が寂しくないように、心が豊かになるように、そんな願いを込めていたのだと思う。もちろん本は片っ端から読んだ。難しい漢字があっても、辞書を引きながら読んだ。しかし、どうしても父と子のエピソードは苦手だった。それだけは読み飛ばした。こっそりと、芙美に分からないようにして。

学校の勉強は良くできた。親戚や近所の人達は皆声を揃えて母親に似たのだと言った。

しかし、速は運動神経も悪くなかった。足も速かったし水泳も球技もなんでもこなした。そっちの方は誰からも何も言われたことはない。多分、運動神経は父親に似たのだと思われたのだろう。

そんなことはない……。速はこれも母親から譲り受けたものだと分かっていた。職業柄、どうしても活動的には見られないが、芙美はとても身体能力が高い。さっさと脚立に昇って医院の天井の電球を換えたり、ビデオの配線を繋ぐために大きなテレビを抱えたり、両手に買い物袋を下げ、うしろ足をひょいと伸ばして車のドアを閉めたり。そんなエピソードは上げれば幾らでもある。ならば父親から譲り受けたものは何なのか。芙美に無くて自分にあるもの。速はそれをはっきりと実感した想い出がある。

中学一年の修学旅行で京都に行った。速は芙美に土産物を買うため、四条河原町のアーケードを数人の仲間と散策していた。その時、数人の女子が血相を変えて速の下に駆け寄った。クラスメートが地元の不良に絡まれているのだと言う。カツアゲされそうになり、逃げ出して捕まったのだと。速は伝えられた場所に走りながら考えた。なるほど、地元の不良からすれば他県から来ている生徒は格好のカモだ。旅行中でまとまったお金を持っている。二度と顔を合わせる可能性も低いし、もし問題が発覚しても、修学旅行先に生徒を留めてまで捜査をするとは思えない。そこを狙ってのことなのだろう。

閉鎖された工場の裏地で、顕かに年上だと分かる五人の不良達がクラスメート二人に殴る蹴るの暴行を加えていた。速は「助けなきゃ」と逸る仲間を抑え、助け方を考えた。先生を呼びに走らせる者、不良の注意を向ける者、叫ぶ者、攻撃する者、素早く的確に仲間の能力とその場にある物を使って作戦を立てた。

仲間は速の指示通りに動いた。不良達は驚いたり逃げたり、追いかけて来る者もあった。速は建物の陰で待ち構え、黄色い髪をしたリーダー格の男を拾った鉄パイプでしたたかに殴りつけた。一切の力加減はしない。鉄パイプはリーダー格の男の肩と胸あたりに当たり、骨の潰れるような音がした。リーダー格の男はそのまますうしろにもんどりうって倒れ、痛みに耐え兼ねて呻きながら転げ回る。速はそれを冷ややかに見下ろした。

この男は修学旅行生をカモにした。だから、速もまた逆にカモにした。多分、生涯会うこともない。問題が発覚してもその時はこの地から離れたあとだ。もちろん、この男が警察に洗いざらい話すことが出来ればの話だが。

速はこの時、無意識に戦術を編み出していた。誰かを守るためには自分の強さだけでなく、作戦が必要なのだと悟った。守るべき誰かとは母親であり、仲間であり、いつしかそれは日本という国になっていった。

「母さん、俺、防衛大に入ろうと思う。自衛官になってこの国を守る存在になろうと思う」

それを伝えた時の芙美の顔は今でもはっきりと覚えている。自分に向けられた視線、それはいつもの母親のものではなかった。恐れでもない、諦めでもない、喜びでもない。いつかこんな日が来ると分かっていた、そんな覚悟のような目。

「あなたの思うとおりに生きなさい」

芙美はそう言うと、簞笥《たんす》の引き出しを開けて小さな紙片を取り出した。ノートの切れ端に何通りもの名前が記されている。書いては消し、消しては書き、散々迷ったあとが見受けられる。そしてその端には「速」の一文字。そこに丸が付けられている。

「あなたの名前、あなたのお父さんが決めたのよ」

初耳だった。

「三宅速《みやけはやり》。徳島県出身の外科医。欧米を視察しての帰り、偶然その船にアインシュタインが乗っていたそうでね、急病になったアインシュタインを三宅速が治療したそうよ。そこから二人の友情が始まってアインシュタインは日本を訪れたんだって。あなたのお父さん、アインシュタインのことを尊敬しててね、偉大な人物を救った男のように何かを成し遂げる人になって欲しいって、そこから」

速はノートの切れ端を見つめた。初めて見る父親の字は驚くほど自分の字に似ていると思った。

速は松の木を見上げた。松もそうだ。枝ぶりや奇観は遺伝するから、兼六園《けんろくえん》にある有名な松の遺伝子を残すために苗木を分けたと新聞で読んだことがある。父親と会ったことはない。しかし、自分の血の中にどうしようもなく父親を意識する部分がある。坂上陸、お前がパイロットの血なら俺は父親譲りの戦術でそれに対抗する。

速は松の幹に触れた。ひんやりと乾いた感触がとても心地よかった。


それから数日後、午後のフライトを終えて基地に戻って来ると、永山《ながやま》機付長からすぐに教官室に行くよう伝えられた。来客が来ているのだという。

「来客、ですか？」

誰だろう。芙美は診察があるから来れはしない。たとえ来るとしても、事前に連絡はあるはずだ。防大の知り合いかもしれない。そんなことを思いつつ速は第一飛行隊の教官室に向かった。

誰もいない教官室の端でその尋ね人はひっそりと座っていた。出されたお茶も手をつけていないのだろう。まったく減っていない。それは速の婚約者、出石聡里だった。

「聡里！」

聡里が立ち上がってこっちを見る。白いブラウスと薄いベージュ色のスカートが揺れた。

「なんでここに……」

「ごめんなさい」

消え入りそうな声。そして、哀しそうな目。

「いつ来たんだ」

「一昨日」

速は驚いた。二日も前にどうして聡里が芦屋に来たのか。自分に会うだけなら駅から真っ直ぐ来ればいい。それよりも速を驚かせたのは聡里の行動だ。聡里は何の連絡もせず突然押しかけて来るような真似はしない。そんな女じゃない。

「どうしたんだ」

「今、側にいる時だと感じて……」

速は頭の中で聡里の言葉を繰り返した。

「入院していた時の速くん、私の知っている速くんとは違う人みたいだった……。いつも落ち着いてて自分が大変な時でも周りのことを気遣って……。でも、全然余裕がないように見えたの……」

「すまなかったな……。でも、もう大丈夫だ」

「大丈夫じゃないよ」

聡里が首を振る。

「私には分かる。速くん、今も全然大丈夫なんかじゃない」

「それは疲れているからだ。毎日激しい訓練をすれば誰だってそうなる」

「速くんの目、昔はもっとキラキラしてた。でも今は……」

そう見えないということか……。

「まだすることが残ってる。ホテルで待っててくれ。今日は金曜日だから外出出来る。あとで食事でもしよう」

再び聡里が首を振った。

「ホテルじゃないの」

「友達のとこか」

「私、部屋を借りたの」

部屋を——。

「まさか、引越しして来たって言うのか……」

聡里が小さく頷いた。聡里は速の異変を感じ、仕事を辞めて支えに来たのだ。

「なんで——」

聡里が速を抱き締めた。

「速くんには私がついてる。どんな時でも。だから、もう大丈夫」

速は何も言えなかった。こんな風に聡里から抱き締められたのは初めてかもしれない。か細い腕のどこにこんな力があるのか。速は圧倒される思いがした。

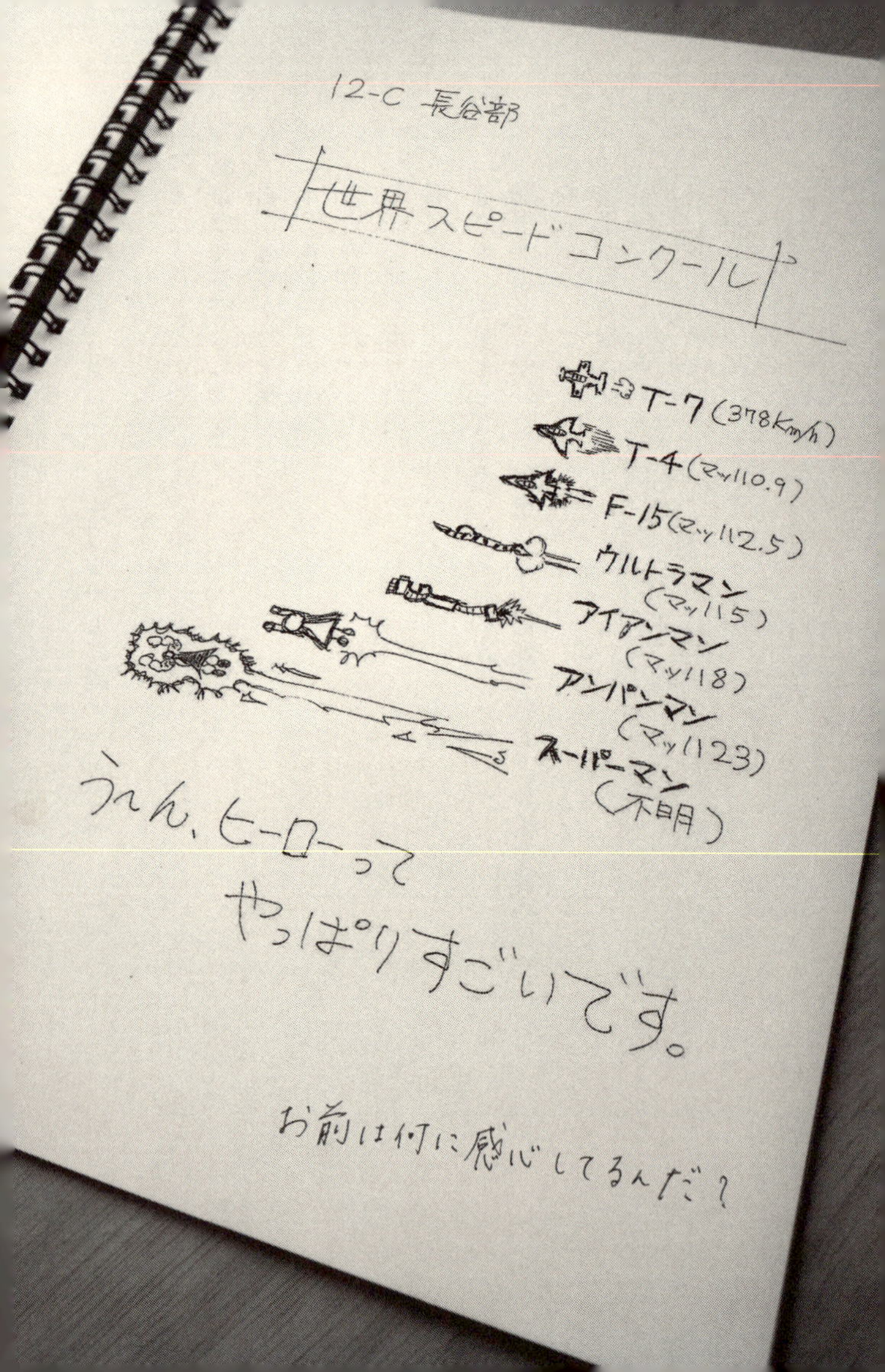
12-C 長谷部
世界スピードコンクール
T-7（378Km/h）
T-4（マッハ0.9）
F-15（マッハ2.5）
ウルトラマン（マッハ5）
アイアンマン（マッハ8）
アンパンマン（マッハ23）
スーパーマン（不明）
うん、ヒーローってやっぱりすごいです。
お前は何に感心してるんだ？

第五章　二重雲《にじゅううん》

1

窓を開けると、桜の花びらが落ちていた。飛行課程の学生になって二度目の春だ。

速は網戸を開けると、窓枠に座って外を眺めた。目の前には遠賀川が流れている。聡里がこのアパートを決めた理由は、窓から川がよく見えるからだと言っていた。横須賀《よこすか》にある速の実家のすぐ側にも小さな川が流れている。知らない土地に来て、少しでも不安を紛らわすために、似た景色を探したのだろうと思う。川の両岸には広い草むらがあり、野球やサッカーが出来るようにグラウンドが設けられている。今も少年野球のチーム同士が対戦しているのが見える。

筑豊《ちくほう》地区から北九州へと流れる一級河川、源流は嘉麻市《かまし》の馬見山《うまみやま》、九州で唯一鮭が遡上する。景色を眺めながらスラスラと湧き出る知識。だが、そんなものはここでは必要無い。欲しいのは感性だ。頭で考えるのではなく、一瞬の動物的直感で物ごとを動かしていく力。自分にはそれが欠けている。坂上陸と一緒に飛ぶと、否が応でもそれを痛感してしまう。

陸の操縦技術はここに来てさらに開花している。どうやったらあんな風に意のままにT－4を操れるのか分からない。ある教官が坂上のことをこんな風に例えているのを聞いた。「あいつは人じゃないかもな。目の良さといい、感覚の鋭さといい、バランスといい、むしろ鳥に近い感じがする」

鳥……。もともと空を飛ぶために生を受けた存在。だが、俺は人だ。人が鳥と同じように渡り合うには一体どうすればいいのか。まだその答えは見つかっていない。もしかしたらこんな風に考え、突き詰めていくこと自体が間違いなのかもしれない。それでも速はこうすることとしか出来ない。それがもどかしい。

ふと、頭の中に〝天神〟という言葉が浮かんだ。それはかつて陸が語った空にいるという神の話だ。陸はチャーリーから〝天神〟と仇名されている。もちろん最初は嘲笑するための言葉だったが、それが段々と変化していることに速は気付いていた。速は近頃、〝天神〟という言葉が脳裏から離れるどころか、ますます大きくなっているのを感じている……。

「ご飯、出来たよ」

キッチンの方から聡里の声がした。

築五年、六階建ての鉄筋コンクリート製でオートロック付き。部屋は五階の角部屋で他の部屋よりも一つ窓が多い分、陽射しも風通しもいい。2LDKで家賃は四万八千円。自分の育った横須賀では到底考えられない家賃だ。いや、もしかするとこの辺りでも掘り出し物なのかもしれない。速は毎週このアパートで、金曜の夜から日曜の午後までを過ごしている。隣に引越しの挨拶で立ち寄った際、玄関に出て来た三十代前半くらいと思える主婦が、速が週末しか戻らないと聞いて、

「単身赴任ですか、奥さん可哀想に」

化粧っ気の無い顔を向けた。聡里の話では、時々煮物や惣菜を差し入れしてくれるらしい。

速は立ち上がるとキッチンに向かい、淡いベージュがかったクリーム色の椅子に座った。テーブルも椅子とお揃いのものだ。聡里と一緒に近くのホームセンターに行った時、「これ、いいね」と指さした。少し値は張ったが、聡里の笑顔には代え難い気がして購入した。

少し遅めの朝食を始める。テーブルの上にはトーストとサラダ、スクランブルエッグとヨーグルト、そして苦手なトマトジュースがある。何度残しても、聡里は「健康のため」と言い張ってトマトジュースを出すのを止めない。最近では少しずつ飲めるように

なってきた。速はスプーンでスクランブルエッグを掬うと、トーストに乗せた。バターの香ばしい匂いと卵とマヨネーズの混じった香りが鼻をくすぐる。食べると、スクランブルエッグの食感が優しく、程よい酸味が実に心地いい。基地の食事もまずくはないが、一人一人の好みに応じてといった細やかな気配りまで出来るはずもない。

速は再びスクランブルエッグをトーストに乗せた。さっきよりも量は多目だ。口を大きく開けて一口で食べる。聡里は「美味しい」とは尋ねない。ただ、速の顔を見て微笑んだ。それで十分通じているのだ。

「仕事はどうだ」

「うん。順調。子供達の方言にも随分慣れたのよ」

聡里は今、遠賀川駅の側にある小学生を対象とした学習塾で塾講師のアルバイトをしている。国語、算数、理科、社会、そして英語を加えた五教科を、週に五日、四時間の割合で教えている。学生時代、教員免許を取っていたことで、すんなりと採用が決まった。家賃や生活費は自分の給料でこと足りる。無理して働かなくてもいいんじゃないかと言ってはみたが、「じっとしててもね」という答えが返ってきた。それから直ぐにこの仕事を決めてきた。突然、芦屋に来たことといい、素早い仕事の決め方といい、速は聡里の行動力に内心驚いていた。自分の一歩斜めうしろを付いて来る。そんな風に思っていたから。

「俺はまだまだな。時々何を言われてるのか、分からない時がある」

「それじゃあ私が教えてやるけん」

どう、と聡里が得意気な顔をする。小さな作りの顔の下の方、右側にだけえくぼが出来た。速はそのえくぼを指で軽く突く。

「いや、遠慮しとこう」

このまま順調に訓練が進めば、チャーリーはあとひと月ほどで静岡県にある浜松基地へと場所を移す。既に先日、かつてチームだったブラボーは向かった。三人でだ。自分が抜け、芦屋基地でもう一人が抜けた。

岡田裕は防府北基地でT－7に乗っている時から計器飛行の成績が悪かった。コクピットをカバーで覆って計器だけを頼りに飛ぶ計器飛行。計器を信じて飛べばどうということはないのだが、岡田は視界が奪われると心拍数が跳ね上がり、冷静な判断が出来なくなった。岡田は視力が両方とも2.0だ。余りにも目が良過ぎるため、逆に目に頼り過ぎるのだ。隊舎の廊下やグラウンドなど、様々な場所で目隠しをして訓練を続けたようだが、結局は最終検定で課程免を言い渡された。その時点で岡田のパイロットとしての未来は消えた。

俺も人ごとじゃないな……。芦屋基地での速の評価は芳しいものではない。平均かその下だ。勉強もスポーツも常に人の上に立ってきた速にとって、この評価は到底受け入れ難いものだ。しかし、どう頑張ってみても、飛ぶことだけは上にいけない。そこでまた陸のことを考える。堂々巡りだ。

「ねぇ……」

聡里が声をかけた。沈黙を別の意味に取ったのだろう。表情に不安が表れている。浜松行き。速は聡里を横須賀に帰すつもりだが、聡里は付いて行くと言った。一度だけそのことについて話し合ったが、話は平行線を辿り、気まずい空気だけが残された。以来、そのことは二人とも話題にしていない。

「午後から時間ある?」

「あぁ」

「福岡市内に行ってみない」

防府、芦屋と巡って来て、基地のある街以外に足を延ばしたことはない。暇も無かったし、必要も感じなかった。

「そうだな」

パッと聡里の顔が明るくなった。

遠賀川駅までは自転車で行った。これも聡里の足として買ったものだ。聡里をうしろの荷台に乗せて川沿いを走る。駅までは十五分足らずで着いた。駅前のレンタカー店に入り、レンタカーを借りた。最初から電車で行くつもりはなかった。久し振りに戦闘機以外の乗り物を運転してみたかった。店員はもっとスピードの出る車を勧めたが、こっちはスピードなど求めていない。スピードと聞かされ、逆に、一層そこから離れたいという気持ちになった。

クリーム色のフィットに乗り込んでエンジンを掛ける。いつも聞いているエンジン音とは比べ物にならないくらい大人しく感じる。

「どこか行きたいところとかあるのか」

助手席に座った聡里に聞く。聡里は「そうね」と笑ってナビを操作し始めた。『マ・イ・ヅ・ル』。文字を入力すると、それに見合った地名や店名がヒットしていく。さらに聡里が『コ』を入力した。舞鶴公園と出たところで決定ボタンを押す。

「ここ、とっても桜が綺麗なんだって」

舞鶴《まいづる》公園。確か福岡城のあった場所だ。築城主は黒田長政《くろだながまさ》、城の形は――。

いきなり速の額に聡里が指を当てた。

「なんだ……」

「さっきのお返し」

速は苦笑いした。そうだな。考えるのはやめて愉しもう。速はハンドルを握るとゆっくりとアクセルを踏んだ。車が動き出す。自分の思い通りに。聡里に笑い掛ける。聡里も速に微笑みを返した。

3号線をひたすら西に進む。九州自動車道は使わずのんびりと一般道を走った。途中、コンビニに寄って速は缶コーヒーのブラックを、聡里はペットボトルのお茶と一緒に摘めるスナック菓子を買った。陽射しは強かったが、窓を開けていればクーラーは必要なかった。道は思ったほど混んではいなかった。一時間半ほどで舞鶴公園に着いた。

公園の駐車場は既に満杯だと予想していたので、近くのコインパーキングに車を停めた。そこから歩いてお堀沿いを三の丸に向かって歩く。お堀に掛けられた石造りの橋、その両側に満開の桜の木が並び、青い空と水面が淡いピンク色で覆われているようだった。

「綺麗ね」

聡里が呟く。白いブラウスを羽織った腕が、速の逞《たくま》しい腕にそっと巻かれている。速は聡里の歩調に合わせるようにして、見物客で混み合った路上を二の丸に向かって歩いた。

公園の中の桜も見事だった。風が吹き抜けると一斉に花びらがそよぐ。速はその様を黙って見上げた。去年も桜は見たはずだが、なんの記憶も無い。防府北基地に第50期の飛行準備課程学生として存在した頃は、今のように追い詰められてはいなかったのだが。

そうか……。あの頃は違うものを見ていた。学生隊舎の窓から、第1飛行隊の屋上から、駐機場と滑走路が見渡せるあの草原から、飽きもせず毎日空を見上げて同じことを考えていた。パイロットになるという目標だけを。まっさらで純粋な気持ちで。この桜の輝くような美しさのように、なんの曇りも無く。

尻のポケットに入れた携帯電話が震える。

「電話だ」

速は聡里との腕組みを解くと、尻のポケットから携帯電話を取り出した。表示された名前は大澤収二郎。一瞬ためらったが、「どうした」速はいきなり問い掛けた。

「元気そうだな」

収二郎が元気の無い声で言う。何か聞いて欲しいことがあるらしい。速は電話に出たことを少し後悔したが、今更仕方がない。

「何かあったのか」

「知らないんだな」

収二郎はいつもこんな風に持って回ったような表現を使う。

「何をだ」

速は単刀直入に聞いた。

「岡田がさ、辞めたよ」

「そのことなら知ってる」

「そうじゃなくて。会社を辞めたんだ」

　会社を辞めた……。

「パイロットが全てじゃねぇだろうにな……」

「いや、岡田にとっては全てだったんだろう」

　速はそのあと、二言、三言会話して電話を切った。

　そうか、岡田は辞めたのか……。自分はどうなるだろう。パイロットの道を閉ざされたらそれでも自衛隊に残るのか。分からない。そんなこと、一度たりとも考えなかったことだ。

「終わった？」

　聡里が大きな桜の木の下から呼んだ。

「ここ、一番凄いよ。この下で一緒に撮ろう」

　右手に持った携帯電話を振る。

「だったら撮りましょうか」

　見ず知らずの子供連れの夫婦が声を掛けてきた。

「すみません」

　一度速の方を見て、聡里は男性の方に携帯電話を渡した。そして、「早く」と手招きをする。速は尻のポケットに携帯を捻じ込むと、早足で聡里の方へと駆け寄った。

「これ、プリントアウトして飾るね」

　パネルに映った写真を見て、聡里が満足そうに笑う。だが、速はチラリと見ただけだ。満開の桜の下で満面の笑みを浮かべられない自分の顔など、見たくなかった。


　日曜日の夕方、学生隊舎に戻った。玄関をくぐると二階から陸の声が聞こえた。自分の部屋に荷物を置き、気付かれないように階段を上がる。声が大きくなった。

「それじゃあ緊急事態からの回避をやるね。人間はミスをします。操作ミス、整備ミス、判断ミス。ミスは避けられません。でも、すぐに諦めるのはパイロットとして失格です。そこから立て直してこそ、本物のパイロットと言えます」

「陸、それってデビの受け売りじゃん」

「バレた」

　笑い声が起こる。

　速はもう少しだけ前に進んだ。一階と二階の踊り場から陸の上半身が見える。そこには八畳分ほどのスペースがあり、飲み物の自動販売機と一緒に、窓から左右に三台ずつ並んだT－4の簡易シミュレーターが置かれている。シミュレーターには先日、新たに芦屋基地に入校したコースD、デルタの学生六人が座っていた。デルタは全員が航学メンバーで占められている。『雲乗疾飛の会』に参加していた顔もその中に混じっていた。

「緊急事態に対しての三原則は――はい、鷹ちゃん」

「Maintain aircraft control（いかなる状態でも適切に操縦し続ける）」

「オッケー。次、高田」

「Analyze the situation and take proper action（状況を正確に把握して適切な対処をする）です」

「いいねいいね、ラストは須藤」

「えーっと、確かLand as soon as possible（速やかに飛行場に着陸する）/practical……」

「正解っ、すげぇよ須藤。みんな拍手」

デルタが揃って手を叩く。まるで幼稚園児のように明るく素直な顔で。だが、ふいに陸の顔が真顔になった。

「高度3000、速度300、エンジンの低回転発生」

「姿勢、水平確認。続けて計器チェック、エンジン異常なし。燃料チェック、オーケー。電気系統チェック、配線異常確認。高度下げ、空港に向かう」

木枠にコクピットの中の写真を貼り付けた、シミュレーターとは名ばかりのお手製のもの。しかし、デルタの顔は真剣だ。写真にあるスイッチを押し、一つひとつ言葉に出してトラブルに対処していく。

「おーっと、エンジンから出火だ」

「姿勢、水平確認。燃料遮断、高度を下げ、直ちに空港に向かう」

「うっそー、今度はコクピットから火が出てる」

「姿勢、水平確認。電気系統の異常を確認、電気系統を遮断。ジェネレーター確認、正常。バッテリーチェック、速度計、エンジン計器、確認。着陸装置、手動確認、異常なし。高度を下げ、直ちに空港に向かう」

「よっしゃ、完璧」

ふいにポンと背中を叩かれた。振り返ると微笑みを浮かべた長谷部がいた。

「最近あれ、毎週末やってるんです」

知らなかった。聡里がこっちに出て来て以来、週末はずっと一緒に過ごしている。

「ビックリでしょ。乗せ方が上手いんです。陸くんって意外と先生とか向いてるのかもしれません」

確かにそうかもしれない。速も『雲乗疾飛の会』で何度も学生の前に立って話をしてきた。だから、目の輝き、集中力、真剣さは手に取るように分かる。今、ここにいるデルタの面々は、陸の言葉や動きを見逃すまいと必死だ。裏を返せば完璧に陸に誘導されている。

乗せ方が上手いか……。長谷部が何気無く言った言葉が重い。操縦技術に例えられているような気がする。これまでならばデルタの前に立っているのは間違いなく自分の役割だ。だが、現実は違う。

「高岡さんも一緒にどうです。陸くん、きっと喜びますよ」

「俺は他にやることがある」

速は踵を返すと足早に階段を駆け下りた。まるで加速するようにどんどん差が付いている気がする。立場も技術も何もかも。坂上陸に。

2

ようやく夕食の時間がやって来た。食堂に近付くにつれ、香ばしい匂いや炊き立てのご飯の香りが否が応でも食欲をそそる。二年と半年を過ごした防府北基地から芦屋基地へ、訓練にも人にも環境にも慣れた。とはいえ身分は学生だ。相変わらず部屋にテレビは無く、携帯電話も自由には使えず、酒も飲めない。外出が許されるのも週末の限られた時間だけ。そうなると日々の暮らしで一番楽しみなのは食べること。この気持ちはやってみた者しか分からないだろう。陸、長谷部、光次郎、笹木の四人は食堂の入り口に設けられている手洗い場に並んで、飛行後点検の際に付いた油や汗を石鹸《せっけん》で丁寧に洗い流した。速はこの場にはいない。もはや一緒に行動することは諦めた。今ではもう食事も風呂も、速を誘うことはしていない。

CADET帽を入り口の棚に揃えて置き、満席近くに膨れ上がった食堂の中に目を向けると坊主頭がこっちに向かって手を振っている。デルタの鷹尾《たかお》だ。

「四席分、確保済み！」

そう大声で喚《わめ》く。陸は「ありがとう」の意味を込めて軽く手を上げた。

「お前、近頃大人気だな」

笹木がからかう。だが、その言葉に以前のような険はない。本当に言葉のままだ。笹木と陸の関係も近頃は少し変化した。笹木はいつからか、陸を完全に一目置く存在として見るようになっていた。同時に速のことを話題にしなくなった。それどころか、チャーリーの中では最も避けている。あれほど「高岡、高岡」とうしろに付いていっていたはずなのに。光次郎は笹木の現金な態度に呆れたが、陸は別に気にならなかった。速の離反がいつしかチャーリーを一つにまとめた具合になっていた。

トレイを摑んで列に並ぶ。今日は待ちに待った芦屋丼《あしやどん》だ。芦屋基地には三つの名物がある。美人の広報官と基地の中に伸びた大きな松の木、そしてこの芦屋丼。大盛りの炊き立てご飯の上にイカソーメンと辛子明太子を乗せ、その周りにかいわれ大根、大葉、刻み海苔をまぶし、さしみ醬油とわさびとマヨネーズで味を整える。見た目はシンプルな丼なのだが、これが絶品で美味い。最近知ったことだが、この芦屋丼で芦屋の街興しをしようという動きがあるのだという。つい先日も福岡のローカルテレビ局が芦屋丼の取材に来ていた。

陸は航学時代から仲の良かったデルタの鷹尾《たかお》の隣に座って芦屋丼を一気に掻き込んだ。文字通り一息という具合に。昔から好きなものは最初に箸を付けるタイプだ。熱々のほくほくをまず口にする。最後まで取っておくタイプの気がしれない。

「相変わらず食いっぷりはいいけど、直ってないなぁ」

「何が?」

「それ」

鷹尾が指差した先には無数の食べ零《こぼ》しが散らばっている。これは陸の悪いクセだ。慌ててご飯粒を拾い集めて口に入れる。

「汚ねぇ〝天神〟だぜ」

笹木の言葉に全員が笑った。

今やデルタの目は常に陸に向けられている。キラキラした目で見られるとなんとなくこそばゆい。今まで一度もそんなことはなかったから。高岡さんはいつもこんな感じだったんだろうな……。少しだけ速の苦労が分かった気がする。人から注目されるのは決して楽なものじゃない。

「ところで今週末のことなんですが」

長谷部がいいタイミングで話題を逸らしてくれた。

「いよいよチャーリーの姫君との再会ですので、土曜の夜は万全の体調で臨めるようお願いしますね」

美保《みほ》基地にいるチームメイト、大安菜緒から先日陸のところへ封筒が届いた。

『十八日、そっち行くから歓迎会の用意たのむで』

ケイの引かれたノートを破り、たった一行走り書きされた手紙が中に入っていた。こっちの都合なんてお構い無し。だが、それだけではなかった。封筒にはチャーリーの人数分のキーホルダーが添えられていた。陸はそれぞれにキーホルダーを配った。自分は一反木綿、光次郎は子泣き爺、長谷部は塗り壁だ。

「で、なんで俺が鼠男《ねずみおとこ》なんだよ！」

渡した時、笹木は唇を突き出して異議を唱えた。

「知りませんよ。菜緒が笹木さんにはそれをって指定してきたから」

「大体なんで妖怪なんだ」

「美保基地のある境港《さかいみなと》が水木しげるさんの出身地だからでしょう」

長谷部の説明を聞いても全く納得がいかない笹木は、忌々しげに鼠男を睨みつけた。

菜緒のセンスは相変わらず冴えてる。陸も長谷部も光次郎も思ったことは同じだったようだ。三人とも笑いを殺すのに必死だった。

「デルタの皆さんも参加下さいね」

長谷部の呼び掛けにデルタがハンドサインを送る。みんなオッケーだ。

「問題はあと一人、ですね……」

そうなのだ。高岡速にはまだ声を掛けていない。部屋もノックしづらく、モーニング・レポートが終わったあとも、飛行後のブリーフィングでも真っ先に立ち上がって出て行ってしまう。どこかで立ち話するタイミングを狙おうと、今も鬼太郎のキーホルダーを胸に仕舞っている。

「無理無理。絶対来ないって」

笹木が首を振って、掬い取ったプリンを口に運んだ。

「あいつ、お前に完璧にプライドへし折られてから見る影ねぇし」

「そんなこと――」

「あんだよ。高岡はお前に操縦技術で負けてることが悔しくてしょうがねぇんだ。箸にも棒にも掛からないと思ってた落ちこぼれのお前が、空に上がった途端、目の上のたんこぶになったんだからな」

笹木の話をデルタが興味深そうに耳を傾けている。

「ここにいない人の悪口言うのはやめましょう」

「長谷部、俺は別に悪口なんて言ってないぜ。これは全部ほんとのことさ。高岡の奴、今女と暮らしてるだろ。聞いた話だけど、故郷から呼び寄せたって。仕事も全部辞めさせてさ」

「本当ですか？」

「愚痴聞いて欲しいのさ。結局あいつは自分さえよけりゃの奴なんだ。独りよがりなんだよ。パイロットの心得はこの国を守ることとか、なんとかカッコイイこと言ってたけど、結局やってることはそれか、みたいなな」

「笹木さん」

陸は少し強めに笹木に呼び掛けた。意味が通じたのだろう。笹木が黙ってプリンを掬う。

「やっぱり俺、声掛けてみます」

プレゼント、渡してなかったら菜緒から怒られる。

夕食後、学生隊舎に戻った陸は速の部屋をノックした。しかし、中からの応答は無い。ドアに耳を当ててみたが、人のいる気配はしない。念のため、滅多に来ない二階の雑談室も覗いたが、やはり速の姿はなかった。食堂に姿はなかった。風呂も速はこの時間には来ない。

陸は学生隊舎の真向かいにある大きな松の木を通り過ぎ、道を挟んだところにある『クラブはまゆう』に向かって歩いた。ここは基地の中で営業している唯一の居酒屋だ。

教官達が雑談したり、芦屋救難隊や第2高射群や第3術科学校の面々が宴会に使ったりしている。陸はこれまでに二度しか足を踏み入れてはいない。教官や上官のいる場所で酒を飲むのはさすがに憚《はばか》られるし、緊張して酔えないからだ。灯りの灯ったアーチ風の飾り門をくぐり抜け、砂利が敷き詰められた道を10mほど歩くと店の玄関に着く。陸は店のマスターに気付かれないよう体勢を低くしてレジの前を横切ると、中を覗き込んだ。

店内は半分くらいが埋まっていた。基地の中を移動する際に見かける上官の顔や、恐ろしい教官達の姿がある。素面《しらふ》であれだけ怒鳴られるのだ。酔ったらどんな説教が始まるか、想像しただけで身震いがする。

高岡さんは……。頭だけを覗かせて速の姿を探す。いた。店の一番奥、窓際の六人掛けのテーブル席に、速のうしろ姿があった。夢中で誰かと話をしている。相手は一人だ。速が何かを聞いて、相手がそれについて答える風に見える。誰だろう……。椅子が邪魔してここからじゃよく見えない。危険だがもう少しだけ移動してみる。

「何してるんや」

突如、頭上から声が降ってきた。振り仰ぐと険しい顔をしたマスターが見下ろしている。

「どっか空いた席があるかなぁって……」

「いらっしゃい。一名様ご案内」

マスターの大声に店内に集まった人々が一斉にこっちを見た。上官も教官も、もちろん速も。陸はマスターに案内され、空いたテーブル席に座った。よりによってそこは教官達がいる隣のテーブルだった。

「何にする」

「は？」

「飲みもの」

陸は慌ててメニューを開いた。しかし、今日は水曜日だ。学生は月曜から金曜日の勤務終了まで飲酒することは出来ない。視線を感じる。鬼のような形相で教官達がこっちを睨んでいる。酒が入って真っ赤になった顔はどこからどう見ても鬼、そのものだ。

「ウーロン茶をください……」

消え入りそうな声で注文した。

失敗した……。だが、ここに来たことを今更後悔しても遅い。陸はたった一人で広いテーブル席の真ん中に陣取り、無数の視線に晒《さら》されながら、ストローを差してウーロン茶を啜った。完全なアウェー状態。周りを見ずにひたすら視線をメニューだけに向ける。もちろんウーロン茶の味なんて分からない。マスターに食べ物の注文を取りにこられる前に飲み終わって店を出よう。しかも自然に、さり気なく。いかにも喉を潤しに来ましたという感じで。最後にズズズと下品な音がしないように細心の注意を払う。時間にすると一分足らずだったと思うが、とてつもなく長く感じた。しかし、試練は終わった。

　陸は空になったコップをテーブルに置くと、目立たないようにそっと席を立った。マスターがレジにいるのを見計らって近付く。

「ご馳走様でした」

　声をかけると、マスターは「え？」という顔をした。しかし、何も言わずに伝票を受け取ると、ウーロン茶の代金を慣れた手付きでレジスターに打ち込んだ。

「百六十円」

　尻のポケットに手を伸ばす。ない……。財布が無い。しまったと思った瞬間、身体が熱くなった。

「タダ飲みか」

「違います！」

　どこかに小銭がないかポケットを探る。ダメだ。こんな時に限って何にもない。

「すぐに財布取って来ます」

「やっぱりタダ飲みやな。こそこそしてたし、なんか変やと思てたわ」

「だから違いますって」

　声に幾ら力を入れても説得力は増さない。目は口ほどに物を言うというが、真剣な目もマスターには届かないようだ。チラリと教官達のいる席を見る。夢中で話し込んでいる。こっちには誰も気付いていないようだ。でも、ここで押し問答をしていればいずれはバレる。無銭飲食などということになれば、どんなお咎《とが》めを受けるか知れたものではない。どうするか。といっても妙案はない。偶然知り合いでも来てくれれば切り抜けられるのだが、そんなことは万に一つも無い。一瞬、速の方を見た。いやいやいやいやいや。すぐに打ち消す。今更お金を貸して下さいなんて頼めるわけがない。

「どうする。奥で皿でも洗っていくか。ちょうど人手も足らんしな」

そうしようかと思ったその時、ふいにうしろから手が伸びてきた。マスターに伝票を差し出すと「それも一緒に」と伝える。陸は呆然と突っ立ったまま、速がお金を払うのを眺めていた。

「忙しいところ、ありがとうございました」

『クラブはまゆう』の入り口を出たところで、速は前を歩く男に声をかけた。速がテーブルを挟んで話をしていた男だ。歳は三十代半ば、短い髪、日焼けした顔はここではよく見掛けるが、はっきりと違うものがある。紺色の飛行服。左肩に付いたイルカのエンブレム。ブルーインパルスだ。確かあの人、5番機の野間《のま》さんって……。

ブルーインパルスは今、芦屋基地を拠点に活動を続けている。本来の所属は宮城県松島基地の第11飛行隊なのだが、3・11の大震災で松島基地は壊滅的な打撃を受けた。地震の起きる前日、ブルーインパルスは九州新幹線の開通式で展示飛行を行うことになっていたため、芦屋に来ていて難を逃れたのだ。以後、基地が回復するまでの繋ぎとして、そのまま芦屋に留まっている。パイロットを目指す学生にとって、卓越した操縦技術を持つブルーインパルスを間近で見られるのは、確かに物凄い刺激になる。だが、如何せん格が違い過ぎる。医者の世界で例えるならあっちは天才外科医、こっちは研修医にすらなっていないヒヨコ。いや、卵の身分だ。余りにも恐れ多くて声を掛けることなんて出来ない。陸はアーチを潜って外に出て行く紺色の飛行服姿の男を目で追った。

「俺に何か用か」

速の言葉で我に返った。

「渡したいものがあって」

慌ててキーホルダーの入ったポケットを探る。しかし、中々見つからない。何でこんなに焦ってんだ、俺。あらゆるポケットを引っくり返し、ようやくキーホルダーを探し出した。

「これ、菜緒が送って来たんです。高岡さんに渡すようにって」

速は陸の手から鬼太郎のキーホルダーを受け取った。

「子供の頃、よく観てたな」

懐かしそうに呟く。久し振りに見た速の穏やかな顔、陸は今なら誘えるかもしれないと思った。

「高岡さん、土曜日、菜緒が美保から遊びに来るんです。良かったら歓迎会に出席してもらえませんか」

早口で一気に言う。速は黙ったまま鬼太郎のキーホルダーを眺めている。

「お前も貰ったのか」

陸は一反木綿のキーホルダーをポケットから取り出して見せた。

「お前が一反木綿で俺が鬼太郎か。大安はどうしてこんなセレクトをしたのかな」

速はチラリと探るように陸の顔を見た。

「大安によろしく伝えてくれ」

そう言い残し、隊舎の方へと歩き去った。

3

大安菜緒が来る前日の金曜日、チャーリーはいつものようにモーニング・レポート、それに続く担当教官とのブリーフィングを終えた。速は陸達とは行動を別にし、先に救命装備室に入ると精神統一を行った。右足を上げて足の裏を左の太ももに付け、手を胸の前に組む。そうしながら、今日の飛行ルート、操縦のポイントを一つ一つ丹念に頭に思い描いた。以前は何も考えず、まっさらな気持ちで瞑想《めいそう》することが多かったが、芦屋基地に来てからはそれが巧く出来なくなっていた。陸に勝ちたい。今のポジションは自分の定位置ではない。巧く飛ぶにはどうすればいいのか。それは全部、余計なことだと分かっている。分かってはいても心は騒いだ。だから先日、無理を承知でブルーインパルスの野間3佐に声を掛けたのだ。

野間3佐の指摘は目から鱗《うろこ》が剝がれるようなものだった。速の操縦が伸び悩んでいる原因は、速の性格にあると告げられた。

「俺の性格、ですか……？」

「君が着陸するところを何度か見せてもらった。正直言ってダメだと思った。プライドが見えるんだよ」

「仰《おつしや》られている意味がよく分からないのですが……」

「自分の中に飛ぶとはこういうものだという確固たるイメージがあるだろう」

イメージ……。確かにそれはある。

「でも、それは誰にでも――」

「速度の遅いT－7だったらまだなんとかなったんだろうが、T－4じゃそうはいかない。角度はこう、翼はこう、速度はこう、姿勢はこう。そんなことを考えている内にあっと言う間に状況は変化する。常に進んでいるからな。それでも君は自分のイメージに頑なに嵌めようとする。だから機体とパイロットの動きに全く一体感がない」

野間3佐が言葉を区切り、ウーロンハイを飲む。速はその続きを黙って待った。

「すこぶる頭のいい奴にこのタイプが多い。自分の成してきたことに絶対の自信を持っているからな。でも考えてみろ。天気は変わるだろう。風も吹けば雨も降る。雷だってなる。気持ちだってそうだ。風邪気味の時もあるだろうし、友達とケンカしたり、女と別れた日だってあるかもしれない。いつも同じじゃない。自分の理想の枠をそこに嵌めようとしたって上手くいくはずがないんだ」

同じだ。高橋と陸が指摘したことと。

陸にあって自分に足りないもの、そのことをずっと考えていた。パイロットの血、優秀な血が決定的な差だと思っていた。でもそうじゃなかった。陸には理想が無い。こうだというこだわりがないのだ。常に空を飛ぶことを楽しんでいる。自分に変化を引き寄せようとするのではなく、変化の中に飛び込んで自分をそれに合わせている。反対に自分はこだわりが強過ぎて、変化に対応し切れていなかったのだ。

「あの、野間さん、〝天神〟って言葉、聞いたことありますか」

席を立とうとしていた野間3佐に尋ねた。

「いや、なんでもありません」

馬鹿な質問をした。

「あぁ。知ってる」

知ってる？

「直接会ったことはないが、以前、ブルーの隊長だった人が話をしていたそうだ。空には〝天神〟がいるって」

——坂上護だ。

「ブルーにもそんな迷信を話す人がいるんですね」

そう言う速の目を野間3佐はじっと覗き込んだ。

「迷信だと思うのか？」

「……違うんですか」

「俺はいると思う。そう思ってるブルーも沢山いると思う」

野間3佐は速の返事を聞くことなく席を立った。

速のフライトレポートには久し振りに青い印が付いた。五段階の上から二番目、「優」。学業やスポーツで常に「秀」を貰ってきたが、目の前の「優」は格別だった。

速は精神統一を止めた。まだ三分ほどしか経っていないだろう。こだわりを捨てる。必ずとか、絶対にとか、何時の間にかそういう枠を自ら課していた。己を律することが全てにおいて勝ると信じていたからだ。だが、それがパイロットの世界では足枷《あしかせ》になっていた。臨機応変。いかにも言い訳がましい言葉で軽蔑さえしていたが、これがもっとも自分に欠けていたのだ。飛び方なんてどうでもいい。要は飛んで帰って来ることが大事なんだ。芦屋にいる期間は残り三週間を切っている。最後の検定飛行に向けて訓練は佳境を迎えている。この大事な時期に自分の欠点を知ることが出来て良かった。

速はGスーツを着た。最初は身体が締め付けられて動くのももどかしかったGスーツだが、今はそれほどでもない。ズラリと並んだヘルメットの群れから自分の名前が書かれたものを摑む。速は救命装備室の扉を開けて外へ出た。

速は最初、何が起こったのか分からなかった。機体を駐機場から滑走路へと移動させていた時、後部座席の野本教官が突然「あっ」と大声を上げた。振り向くと、バイザーを上げた教官の目が一点に釘付けになっているのが見えた。速もその方向を見た。先に駐機場を出て滑走路へと向かった機体番号790のレッドドルフィンが、エンジンから黒煙を上げながらゆっくりと滑走路を外れ、草むらに突っ込んで止まったところだった。

「左のエンジンから出火してる！」

野本教官が叫んだ。

間違いなくチャーリーの誰かがあそこに乗っている。速の脳裏に薄れ掛けていたシーンが甦《よみがえ》った。

あの日、防府北基地の滑走路に着陸したT－4のコクピットの中で、速は全身に鳥肌を立てていた。ブザーがけたたましく鳴り響き、計器盤のライトが激しく点灯している。

このライトの意味は……。必死で考えようとする。ダメだ。出て来ない。頭が真っ白になって何も浮かばない。その間もT－4の速度は落ちずにランウェイを突っ走っていく。

「マスターコーションライトが点灯してる。高岡、他の計器を確認しろ」

マスターコーションライト……。そうだ、他の計器に異常を知らせるライトだ。速は計器盤を素早くチェックした。

「アンチスキッドライトが点灯しています！」

「ＡＢＳか」

「ガン」と機体に制御が掛かった。山川教官が手動操作でパワーブレーキを踏んだのだ。しかし、止まらない。みるみるランウェイの端が迫って来る。

「くそっ、ハイドロだ……」

ハイドロプレーニング現象……。

「教官！」

「喚くヒマがあったらコールだ！　管制にヒットバリアすると伝えろ！」

「防府タワー、ヒット、ヒットバリアする！」

目の前に着陸拘束装置が見えて来た。張り巡らされたネットが今はひどく心細く見える。

ぶつかる。速の顔が恐怖に歪《ゆが》んだ。機体が突っ込むと同時に物凄い衝撃が来た。ベルトごと身体が揺さぶられる。着陸拘束装置に張られたワイヤーが千切れてT－4のキャノピーを叩いた。「ギャリッ」と激しい音がしてキャノピーが割れた。そのまま機体から外れてうしろに吹っ飛ぶ。そこで目の前が暗くなった。

あの時、俺は生まれて初めて死を思った――。


「やばいぞ」

野本教官の声で速は現実に引き戻される。

機体番号790のキャノピーが開いた。二人の人影がコクピットから這い出しているのが見える。既に基地にはサイレンの音が響いている。もうすぐ滑走路には消防小隊の消防車が駆けつけるだろう。黒煙の中から人が転がり出て来た。速はその走り方ですぐにそれが誰だか分かった。坂上陸だ。陸はしばらく草むらを走った。しかし、暫くして教官の姿が無いことに気付いたのだろう。走るのを止めた。何か叫んでいる。その時、ざっと強い風が滑走路を吹き抜けた。レッドドルフィンから立ち昇る黒煙が風に煽られる。驚いたことに、機体のすぐ側で人が仰向けに倒れている。陸の担当教官に違いない。風はすぐに止み、再び黒煙が機体と人影を覆い隠した。もう、いつ大爆発してもおかしくない。速は消防車を探した。サイレンの音はするが、まだ赤いボディは見えない。その時、速は見た。陸がレッドドルフィンの方へ駆け戻る姿を――。

陸は黒煙の中に突っ込むと、再び現れた時には教官を肩に担いでいた。エンジンが爆発して機体が大きく傾いたのはその直後のことだった。

速がハンガーに駆け付けた時、ストレッチャーに乗せられた大松が丁度救急車に乗せられるところだった。飛行服も顔も手も煤《すす》だらけで真っ黒になっている。そのせいで正確な顔色が分からない。しかし、意識ははっきりしている。命に別状は無さそうにみえた。

「君も一緒に来なさい」

同じように煤だらけの陸が救急隊員から声を掛けられる。

「俺はいいです」

「一度診てもらった方がいいですよ」

「そうだ。煙を吸い込んでるからな」

だが、陸はそんな長谷部や笹木に懸命に目配せを送っている。

「ほら、全然大丈夫です」

陸はその場で二、三度ジャンプした。

「なんなら腕立てもしましょうか」

救急隊員は呆れた顔でストレッチャーを車体に戻すと、ドアを閉めた。

大松を乗せた救急車を見送った陸は、「危なかったぁ」と呟いた。

「何がです？」

「病院で検査入院とかなったら明日の歓迎会に出れなくなるから……」

こいつ、そんなことを気にしていたのか。たった今、死ぬか生きるかの瀬戸際に立っていたのに。速は呆れるのを通り越して、得体の知れないものを見るような気分になった。

次の日、速は聡里のアパートから芦屋市内にある総合病院に自転車を走らせた。自転車を駐輪場に停めて、正面玄関とは別の通用口へと歩く。土曜日ということもあり、沢山の見舞い客が訪れていた。速は途中で買ったリンゴやパイナップルの詰まったバスケットを持ち、脇にはA４サイズの茶封筒を挟んで受付に進んだ。茶封筒は事故が起こった日の夜、飛行長から大松に渡すよう頼まれたものだ。速は女性職員に大松教官が入院している部屋を聞くと、エレベーターをやめて五階まで階段で上がった。

５１３号室。ナースセンターを通り過ぎ、洗面所を過ぎて暫く行くと、その部屋は右手にあった。入り口にあるプレートで名前を確かめる。大松雅則《おおまつまさのり》。速は一度ハンカチで顔を拭うと、ドアをノックしようとして――手を止めた。ドアは僅かに開いており、中から人の話し声が聞こえた。

「わざわざ来ていただくなんて……申し訳ありません」

大松の声だ。しかも敬語で話している。いつもの大松とは顕かに違う雰囲気だ。

「身体は大丈夫か」

別の男の声がする。

「煙を吸っただけですから」

「事故調が原因を調べているが、出火の原因はまだ特定出来ていないようだ」

「息子さんに命を救ってもらいました」

ギクリとした。今確かにそう聞こえた。息子さんに命を救われたと……。

「大袈裟《おおげさ》だな」

「いえ……。いつ爆発してもおかしくないあの状況で私を助けに戻って来るなんて……。逆の立場だったら出来なかったかもしれません。どうやら私はつくづく坂上家にお世話になるようになっているみたいです」

間違いない。大松と話をしているのは陸の父、坂上護だ。ドクドクと心臓が高鳴る。速は息を殺してドアの隙間から聞き耳を立てた。

「あれはどうだ」

坂上護が大松に聞いた。

「まだ荒削りですが、一つだけはっきりしているのは三つの適性を備えているということです。これは他の教官とも一致しています」

三つの適性……。防大時代の講義で聞いたことがある。

ファイター・パイロットにおいて特に優秀な者には、三つの適性が備わっている。とてつもないスピードで大空を飛び回りつつ、一瞬で乱高下する、常識では考えられないほどのGと闘いながら、空中戦を行わなければならない。そこには凄まじいまでの集中力、一瞬の判断力、苦痛に耐え抜く忍耐力が必要とされる。それが一つ。しかし、叱られたことや失敗を翌日にはケロリと忘れてしまう切り替えの早さ、この相反するような精神が二つ目だ。そしてもう一つ、人間は本来、三次元でモノを見るように出来てはいない。しかし、ごく稀に空間認識が常人とは異なる感覚の者がいる。画で書いたり、手でなぞったり、模型を持って飛び方をイメージするだけでその通りに身体が動くのだ。

「こういってはなんですが、もしかすると才能は父親以上かもしれませんよ」

「それは言い過ぎだろう」

静かな笑い声。速はそこまで聞いて病室の前から立ち去った。

野間3佐の助言でようやく落ち着きを取り戻しつつあった速の心に、再び大波が立った。

速は若い看護師にお見舞いの果物と茶封筒を押し付けるとそのまま病院をあとにした。受け取った看護師の顔が強張っている。自分が今、どんな顔をしているのか、それで想像がついた。

4

折尾駅。芦屋近辺とは違ってこの周辺はとても賑やかだ。駅舎は古いが特急も快速も停まるし、銀行もデパートもボウリング場だってある。何より女子学生が多い。女子が多いということはそれだけ街が華やかになるということであり、必然的にお洒落な店も増える。陸達は検討を重ねるまでもなく、芦屋ではなくこの折尾にて菜緒を迎え撃つことに決めた。

時刻は夕方の五時。春の陽差しは延びてきたとはいえ、さすがにこの時間は斜がかかる。チャーリーとデルタの面々はそれぞれ私服に身を包んで、ロータリーのある東口の改札機の前で菜緒の到着を待っていた。

博多方面からの電車が4番ホームに滑り込んで来た。時間通りならば菜緒はこの電車に乗っている。全員で到着した電車を凝視する。笹木だけは一人待合室のベンチに座り、携帯電話をいじくっている。ある意味天敵同士だった二人、笹木もそれなりに心の準備がいるのだろう。陸はそんな笹木がちょっとおかしかった。

菜緒がホームからこっちを見つけた。陸達が一斉に手を振る。背中にはリュック、両手に沢山の紙袋を抱えた格好で菜緒は軽く笑みを浮かべた。

「あいつ、照れてる」

光次郎が不思議そうな顔で言った。陸も菜緒が少しはにかんでいるのはすぐに分かった。

「笹木さん、菜緒、来ましたよ」

陸はベンチの笹木に呼び掛けたが、笹木はわざと聞こえないフリをした。

「出迎え、ご苦労さん」

菜緒が改札を抜けて目の前に立った。本人の申告では身長158㎝。少女といっても通じるような菜緒を日焼けした筋肉質の男達がズラリと囲む。行き交う人は皆、何ごとかといった様子で眺めた。

「菜緒さん、お久し振りでした」

長谷部が真っ先に声をかけた。

「リーダー、なんかちょっと逞しくなったんとちゃう」

「菜緒さんにそう言われると素直に嬉しいです」

今度は光次郎に目を向ける。

「あんたもな」

「そんだけ？」

それだけだ。

「陸、あんたの話は聞いてるで。えらい出世したみたいやんか」

「してねぇし。それよりちょっと痩せたか」

防府北基地にいた頃より、僅かに頬がすっきりと細くなったように見える。

「美保も結構大変なんや。おっ、デルタやんか」

「ダイアン、お久《ひ》さ」

「ヤメっちゅうねん！」

菜緒が鷹尾の脛に蹴りを入れる。

「みんなありがとな。あとでゆっくり話しよな」

そう言いつつ菜緒の視線が一箇所に定まった。

「こら、あんた」

菜緒はベンチに座って携帯をいじくる笹木に呼び掛けた。また言い合いが始まるのかと思ったが、「嬉しいわ。あんたも来てくれて」素直に感謝の言葉を述べた。

「ここにいたら皆さんの邪魔になりますから、会場に移動しましょう」

陸が菜緒から荷物を受け取る。一行は駅から外に向かって歩き出した。

一次会は和風居酒屋。二次会はカラオケ。歓迎会はすでに三次会となり、場所をバーに移している。時刻は深夜二時過ぎ。二十代前半と思える若い店長が一人で切り盛りする店内には静かなジャズが流れており、間接照明で向かい側に座った相手の顔がやっと見えるくらいの明るさだ。お客は陸達の他にはカップルが三組、全員が恋人同士なのか顔を近付けて囁くように話をしている。ここにはもうデルタはいない。二次会のマラソンカラオケとあらん限りの気遣いで疲れ果て、皆早々に帰った。笹木から唄を野次られたのも原因の一つかもしれない。

「結局、高岡さんは来ませんでしたね」

ポツリと長谷部が呟く。速には長谷部が一応場所を伝えておいたのだ。一度だけ学生隊舎に連絡を入れてみたが、学生当直から外出届が出ていると言われた。

「最初から来る気なんかねぇよ」

笹木が何杯目かのジャックソーダを飲み干す。

「俺はつくづくあいつのことが嫌になった……」

「アホ。あんたが一番、高岡速のこと買ってたんやないか」

「あんな奴だとは思わなかったからしょうがねぇだろ！」

「自業自得や」

菜緒にそう言われ、笹木は店長が運んで来た新しいジャックソーダに口をつけた。

「ほんとさ。自分がイヤんなるぜ……」

菜緒はそんな笹木に軽く微笑むと、

「ウチはあんたが言うほど高岡速がダメな奴とは思わへんわ」

と言った。笹木が危うくグラスを零しそうになる。

「美保の教官の家にな、学生何人かで遊びに行ってん。奥さんの手料理ご馳走になって結構洗いもんとかも溜まってたから、あと片付けがてら皿洗い手伝うてたんや。そん時な、突然教官の奥さんが泣き出してん。ウチびっくりして『どうしたんですか』って聞いたら、そしたら……死なないでって。言われたのはそんだけやったんやけど、そん時ウチ、初めて知ってん。待ってる人の辛さとか怖さとか。奥さん、皆で話してた時もさり気なく天気予報とか見てたしな。こっちはただ空飛びたい、そんだけでパイロット目指してるやんか、でも、待ってる人はちゃうねんな。天気とか電話とかニュースとか、色んなもん気にして生活してる」

陸は菜緒の話を聞きながら春香のことを思い浮かべた。そう言えば春香はよく空を見上げていた。洗濯物を干す時も、買い物に行く時も、公園で幼い自分と遊んでいた時も空を見上げていた。多分それは今も、そしてこれからもずっと続くのかもしれない。

「それがなんであいつと繋がるんだ」

「高岡速はただ飛びたいだけでパイロット目指してるわけやなかったやん。覚悟とか自覚とか、そんなこと話してたんやろ。防府にいた頃はアホか思うてたけど、世界が狭かったんはウチの方やったんやなぁって。今になってつくづく思うわ」

「俺、防府にいた頃、高岡さんに聞いたことがあるんだ。どうしてパイロットになろうと思ったんですかって」

「そしたら？」

「守りたいからって……」

「守りたい？　国をか」

笹木がどんよりした目を向ける。

「それもあると思うけど、菜緒の話を聞いてたらもっと身近なことなんじゃないかと思えてきた。たとえば家族とか恋人とか」

「そういやあいつ、母子家庭だもんな」

「そうなんですか？」

笹木の一言に陸は驚いた。高岡速が母子家庭。そのことは初めて聞いた。

「きっとそうやで。育ててくれたお母さんを守りたい、そんな気持ちからパイロットになろうと思ったんや」

「まさか」

「そうかもしれない……」

ふと、一八郎の言葉が甦る。一八郎は速の話をした時、そいつは苦労人だと言った。自分はどうだろう。父親とは中々会えなかったにせよ、家族は揃っている。欲しいものはそれなりに買ってもらえたし、自分の部屋もある。速にはきっと色んな苦労があったと思う。そんな中で常に前を向いて努力を続けてきたのだ。

長谷部が突然泣き出した。何時の間にかバッグからフォトアルバムを取り出し、それを握り締めている。

「典子……、空美……、心配掛けてごめんよぉ……」

「もしかして……」

また酒を飲んだのかと誰もがギョッとなった。光次郎が長谷部のグラスを摑んで匂いを嗅ぐ。

「大丈夫。ウーロン茶」

全員がほっと息をつく。

「どうどう」

菜緒が馬をあやすように長谷部の背中を二、三度ぽんぽんと叩くと、長谷部は写真を持ったままガクリと頭を垂れた。やがてすーすーと気持ちのいい寝息を立て始める。

「ナイス・ランディング」

陸の言葉に菜緒が親指を立てた。

空が薄っすらと白んでいる。夜明けだ。

「折角来たんだからゆっくりして行けよ」

折尾駅の2番ホームにはもう直ぐ博多行きの始発電車が到着する。

「もう十分楽しんだわ」

菜緒はベンチに折り重なるようにして眠っている長谷部、光次郎、笹木の三人を見て笑った。

「次はいよいよ浜松やな」

「あぁ」

「陸、ウイングマーク取りや」

「俺達の天ぷら食ったんだからな。ダイアンこそ救難機の機長になれよ」

「ダイアン言うな！」

大きな音を立てて電車がホームに入って来た。ドアが開く。

菜緒がガランとした電車に乗り込む。陸は皆でお土産に買った辛子明太子や高菜漬けの入った袋を手渡した。菜緒が陸を見つめる。陸は菜緒に笑顔を向けた。ドアが閉まる。窓越しに唇が動いたように見えたが、気のせいだったかもしれない。

菜緒を乗せた電車がゆっくりとカーブしながら走り去るのを陸は手を上げて見送った。

頑張れよ、そう心の中でエールを送りながら。

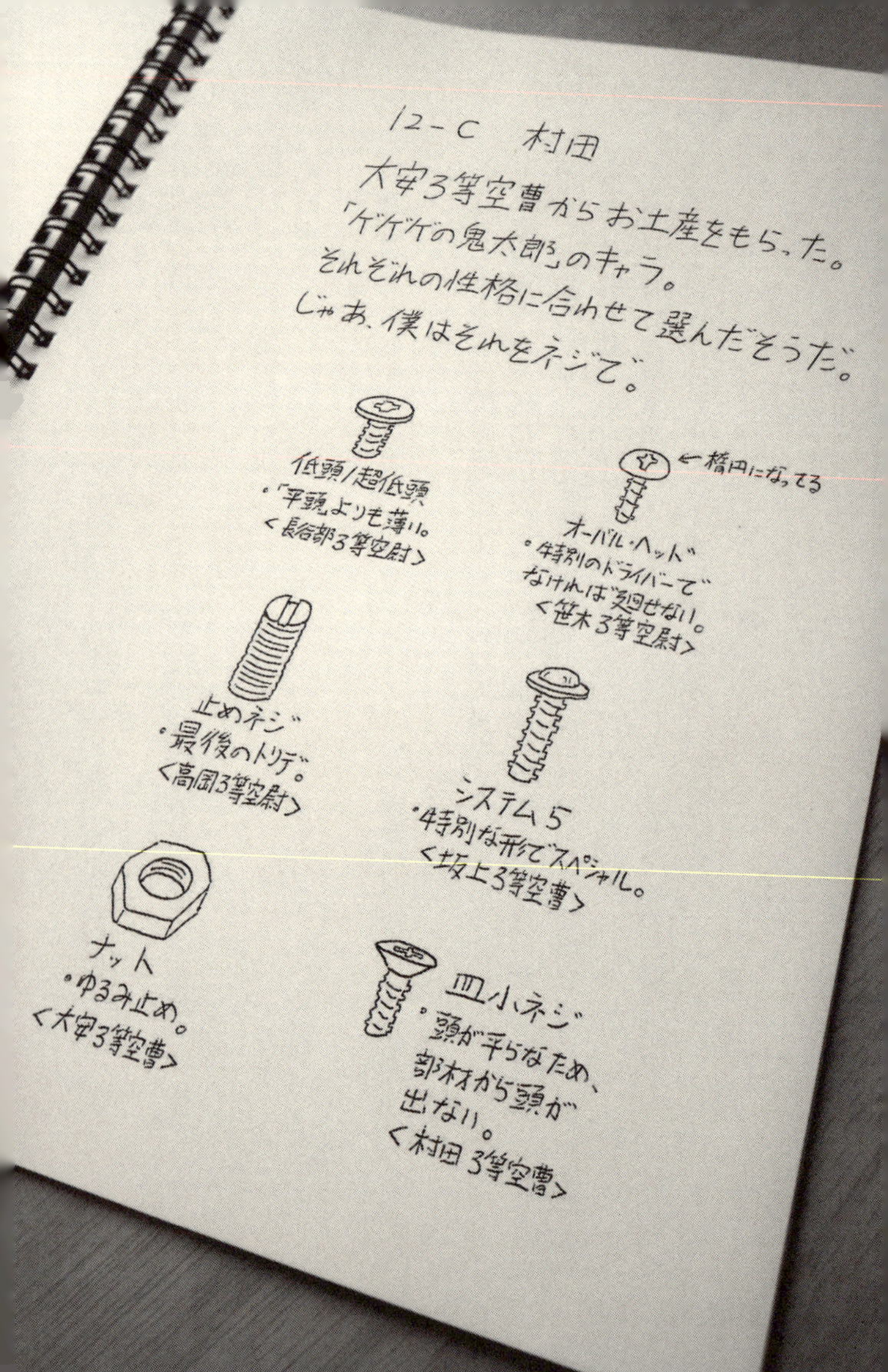
12-C 村田
大安3等空曹からお土産をもらった。
「ゲゲゲの鬼太郎」のキャラ。
それぞれの性格に合わせて選んだそうだ。
じゃあ、僕はそれをネジで。
低頭/超低頭
・「平頭」よりも薄い。
<長谷部3等空尉>
←楕円になってる
オーバル・ヘッド
・特別のドライバーでなければ廻せない。
<笹木3等空尉>
止めネジ
・最後のトリデ。
<高岡3等空尉>
システム5
・特別な形でスペシャル。
<坂上3等空曹>
ナット
・ゆるみ止め。
<大安3等空曹>
皿小ネジ
・頭が平らなため、部材から頭が出ない。
<村田3等空曹>

第六章　乱層雲《らんそううん》

1

到着の挨拶をするため、飛行隊長のいる第31教育飛行隊のある建物に向かって歩いていると、「おーすげぇ、E－767だ」光次郎が上擦った声を上げた。陸も思わず立ち止まって空を見上げる。ゴーッという低音と共に空からゆっくりと白い機体が降下して来る。その容姿はまるでジャンボ機だ。

「全長48・5m。全幅47・6m。全高15・8m。航続距離は9000㎞。乗員二十名。我が社最強の早期警戒管制機であり、最大の特徴は機体上部に備え付けられているロートドームと呼ばれるレーダーアンテナで――」

「あー分かった分かった」

笹木が光次郎の解説を遮る。光次郎は自分のお気に入りのおもちゃを取り上げられた

みたいに不服そうな顔をしたが、

「光次郎くんはほんとに飛行機に詳しいですね」

長谷部が感心したように声をかけたおかげで、少しだけ表情が和らいだ。

「にしても、デカイな……」

「でしょう。E－767は――」

「バカ。基地の話だ」

静岡県浜松市。県の西部に位置するこの街は、静岡において最大の人口と面積を持っている。ウナギで有名な浜名湖や徳川家康の居城だった浜松城、駅も道路も商店街も街の規模は防府や芦屋とは比べ物にならないくらい大きい。その西区《にしく》西山町《にしやまちょう》無番地に航空自衛隊浜松基地はある。

浜松基地はこれまで訓練したどの基地よりも大きい。これは単に敷地だけの話ではなく、配置部隊にもいえる。第1航空団をはじめ、航空教育集団司令部、第1、第2術科学校、光次郎が騒いだ早期警戒管制機のある警戒航空隊、高射教導隊、中部航空音楽隊、人命救助の砦、航空救難隊。そして自分達のようにパイロットを目指す学生もいる。これからこの浜松基地で約八ヵ月、最後の飛行訓練、後期操縦課程が始まる。

白煙を上げてE－767が滑走路に着陸した。陸はその光景を眺めながら、以前テレビで見たドキュメンタリー番組を思い出していた。ウイングマークの授与式、確かそれは目の前の駐機場で行われていた。ついにここまで来た。そんな思いが湧き上がる。だが、この男はそんな小さな感慨に浸る間も与えてくれない。

「おら、さっさと歩けって」

笹木が光次郎の尻を蹴り上げる。

「痛いって！」

「初《しょ》っ端《ぱな》から遅刻したんじゃ睨まれっだろ」

「行きましょう」

長谷部も続く。陸は大きく深呼吸した。乾いたアスファルトに混じってタイヤの焼けた臭いがする。それを胸一杯に吸い込むと歩き出した。航空自衛隊の基地は敷地の広さや部隊の規模を除けば、外観はどこも似たりよったりだ。建物は基本的に緑色やクリーム色に塗られている。陸は歩きながら、食堂や風呂や売店など今後頻繁にお世話になる場所を頭に入れた。

第31教育飛行隊の入り口には、大人の身長ほどもある大きな木製の看板が掲げられていた。達筆な墨文字は日に焼け、かなり薄くなっている。数十年に渡ってここを訪れた学生を見てきたのだ。まさに最後の砦に相応しい貫禄を放っていた。チャーリーは揃って建物に入ると、玄関口に貼られたプレートで飛行隊長の部屋を探した。二階の突き当たりだ。玄関で靴を脱ぎ、きちんと乱れなく揃えると、靴下のまま二階に通じる階段を上がった。

二階の踊り場には速が待っていた。速は陸達より一足早く浜松へ向かっていた。婚約者と一緒だと聞いている。そして今日、午前十一時に待ち合わせをしていたのだ。

「すみません。お待たせして」

時間は五分ほど過ぎている。長谷部が軽く頭を下げたが、速は返事をせず、黙って壁を見つめていた。そんな速の態度に笹木は露骨に嫌な顔をしてそっぽを向いた。その態度からはもはや昔の羨望の欠片も見当たらない。

速の見つめる先には無数のパッチが貼り付けてある。浜松基地を通り過ぎていった歴代フライトコースの全てのパッチ。丸いもの、四角いもの、キャラクターの形を象ったもの。その当時に流行ったアニメキャラを使ったものもあれば、武将や名山、似顔絵、F－15やF－2のものもある。もちろん全て手作りだ。それがこの踊り場と、三階へ続く階段の壁にも余すところ無くびっしりと貼り付けられている。

飛行隊長への挨拶にはまだ十分ほど間があった。長谷部も笹木も光次郎もパッチを眺め出した。どんなデザインがいいとか、色使いはこっちがいいとか、そんなことを話しながら。自分達チャーリーのものも近いうちにここに飾られることになる。しかし、陸はパッチよりも速の様子が気になった。頰はこけ、目は落ち窪み、身体の厚みが薄くなったように感じる。防府の居酒屋で初めて出会った時からすれば、体重は5～6kg、もしかしたらそれ以上落ちているかもしれない。だが、陸の目を引きつけたのは精気だ。あれだけ自信に満ち溢れ、堂々としていたのに、今はそれが全くといってもいいほど感じられない。

芦屋基地で行われた最後の検定飛行、速の成績はチャーリーの中で最も低かった。十年に一人の逸材と言われた高岡速が、だ。そんな速を全員の前で大松が激しく罵った。聞いているこっちが息苦しくなるくらいだった……。

もちろん、大松は誰に対しても厳しかった。大松が担当教官の日は誰もがナーバスになり、後部座席から怒鳴りつけられると身体が竦《すく》み上《あ》がった。その大松とようやく離れられる。芦屋から浜松へ向かうことになった喜びの一つは間違いなくそれだった。高岡さんもこれで少しは気が楽なんじゃないかな。陸は一人でパッチを眺めている速を見つめながらそう思った。

チャーリーは長谷部を先頭に、速、笹木、光次郎、陸の順で飛行隊長室に入った。整列をし、気をつけをし、訓示を受ける。川波飛行隊長はこれまで会った飛行隊長の中で一番恰幅《かっぷく》がいい。薄くなった頭髪をオールバックにし、巨大な腹を飛行服に押し込めている。

「――では、君達を指導する教官を紹介しよう」

部屋の中に教官達が入って来る。六人目の教官が現れた時、陸は危うく声を上げそうになった。

「大松雅則教官。芦屋から引き続きお前達の面倒を見てくれることになった」

あぁ……。声も出ない。溜息も出ない。身体から力が抜けていく。陸は浜松の未来が急に暗くなったように感じた。


早朝7時。飛行隊庁舎前に揃ったチャーリーは、白み掛かった空の下で音楽に合わせて柔軟体操を始めた。陸も長谷部も笹木も光次郎も、そして速も、やつれた顔でただ機械的に身体を動かしている。浜松基地に着隊してもうすぐ三週間になる。最終目的地に来たという喜びはとうの昔に失せた。

浜松でのフライト訓練は過酷を極めた。自分で設定したコースを飛ぶナビゲーション訓練、飛行操縦技術を高める空中操作、キャノピーにフードを被せて飛ぶ計器飛行、二機が一組となって様々なフォーメーションを行う編隊飛行、内容自体は芦屋にいた頃と全く変わらない。だが、求められる質が全然違った。教官を務めるのはF－15のパイロット、F－2のパイロット、ブルーインパルスのパイロット。これでもかというくらいの粒揃いだ。加えて大松がいる。これまでの訓練は一体なんだったのかと疑問に思うくらい、厳しく壮絶なものだった。

陸は腹筋をしながら空を見上げた。どこにも雲が無い。俗に言う日本晴れ。今日も飛ぶことになる。あれほど空を飛ぶことが楽しみだったのに、正直今は憂鬱で仕方がない。

「おい、どこに向かってる」

後部座席に乗っている大松の声がイヤホンを通して耳に響く。

「どこへ行ってるのか聞いてるんだ」

「えっと……」

陸は広げた地図を右手でキャノピーに押し付け、必死で自分の位置を探した。

この尾根は過ぎた……。てことはあそこに見えるのはこの山だから……。

「発動点はどこだ」

「右です。修正」

「右じゃない」

え……。もう一度地図を見る。焦れば焦るほど自分の位置が分からなくなる。

「オーバーするぞ」

慌てて操縦桿を左に向ける。途端、機体がバランスを崩して激しく上下に揺れた。

「すみません」

「もういい」

「すぐに修正します」

「いいと言ってる。Ｉ　ｈａｖｅ」

「待って下さい！」

「ロストしてんだろうが！」

嘘だろ……。操縦を奪われるなんて速と編隊飛行をした時以来だ。陸は自分の股の間で自分の意思とは別に動く操縦桿をぼんやりと見つめた。

フライトルーム5とプレートの掛かった部屋の中で、チャーリーは椅子に座って担当教官が来るのを待っていた。部屋の広さは十畳ほど。正面にホワイトボートがあり、教壇があり、スチール製の机と椅子がある。それだけ。花も飾られていなければ、グラビアアイドルがポーズを作ったカレンダーもない。殺風景この上ない。机の上には沢山の鉛筆やマジックの入った鉛筆立てと50㎝ほどの透明なプラスチックの物差し、Ｔ－４の模型、そして、机の上にはナビゲーションマップが置いてある。陸はもう一度そのマップに視線を落とし、飛行経路を眺めた。悔しさと惨めさが湧き上がって来る。

「起立」

長谷部の声で物思いから醒めた。教官達が部屋の中に入って来る。机を挟み、陸の前には大松が立った。ダメだ。目を合わせるのが辛い。

「よろしくお願いします」

頭を下げる。普通ならここで教官が座り、続いて学生が座る。だが、大松は立ったたままだ。大松の靴が見える。一体いつ磨いているのか、ピカピカと光輝いている。

「坂上、訓練を舐めるなよ。ちょっとぐらい操縦が出来るからって、逆上《のぼ》せるんじゃないぞ」

「……そんなつもりはありません」

顔を上げて弁解する。目は口ほどにものを言う。必死になって反省の目を向けた。

「じゃあ今日のはなんだ」

大松の鋭い目がそんな陸を真っ直ぐに見つめ返す。

「俺が言ってやる。下が陸地なら目標が見つけ易い。お前はそう思っていたんだ」

芦屋基地での訓練海域はほとんどが山口県沖の海上だったため、方向さえ気にしていれば飛ぶことはそんなに難しくはなかった。しかし、浜松基地でのナビゲーション訓練は陸地の上を飛ぶ。大松が指摘した通り、陸地なら目標が見つけ易い。そんな気持ちはなかったといえば嘘になる。

「訓練高度は5000～9000ft、そこを時速600㎞で飛ぶんだ。目標物なんかよほど大きいものじゃなければ見逃すに決まってるだろうが」

「はい……」

「いいか、俺は下手くそなら許せる。一生懸命練習すりゃ出来るようになるからな。だが、準備を怠る奴だけは許せん。やれるのにやらない奴はクソだ。そんな奴に空を飛ぶ資格なんかない。今すぐここから出て行け」

「すみません。今度は――」

「俺達の仕事にやり直しはきかん。死んでるからな」

大松が踵を返して歩き去る。ブリーフィング後の一礼も忘れ、陸は呆然とその場に立ち尽くした。

「お前があそこまでけちょんけちょんに言われるとこ、久し振りに見たな」

速を除くチャーリーで第31教育飛行隊を出て若鷲寮に向かう道すがら、笹木が声をかけた。

「なんだか嬉しそうですね」

陸はむくれた顔で言った。

「この中では一番上手い陸くんでさえあれだけ叱られるんだから、僕らが説教されるのは当然ですね」

「俺、ほんとに上手いのかな……。飛んでる時も四六時中小言だらけだし……」

「そうなのか」

笹木がちょっと驚いた様子で尋ねる。

「そうですよ」

笹木がニヤリとした。

「なんですその顔、今安心したとか思ったでしょう」

「勝手に俺の心の中を想像するな。やっぱお前、逆上せてるぞ」

「逆上せてませんよ」

「いいや逆上せてる。そんな奴に空を飛ぶ資格なんかない。今すぐここから出て行け」

笹木が大松の真似をして言った。

「あ！」

それで思い出した。机の上にナビゲーションマップを置いたままだ。そんなところをまた大松に知られたら、「弛《たる》んでる」とどやされてしまう。陸は慌てて来た道を元の方に駆け出した。

もう誰も残っていないだろう。そう思ってフライトルーム5のドアをノックもせずに開けた。だが、いた。高岡速が一人、ポツンと椅子に座っていた。慌てて何かをポケットに隠す。陸はそれには気付かない振りをして部屋に入ると、

「忘れ物しました」

軽く頭を掻いて机の上に置き忘れたナビゲーションマップを摑んだ。そのまま部屋を出て行こうとしたが……、ちょっと速の様子が気になって歩みを止めた。

「どうかしたんですか」

「別にどうもしない」

相変わらずにべもない返事が返って来る。ここに来ても速はチャーリーとほとんど会話をしない。いつも一人だ。一人ではフライトのシミュレーションも、情報交換も、何より大変な時に愚痴を言い合うことすら出来ない。自分がそうだったらとても耐えられないだろう。

「あの……なんか困ったこととかあったらいつでも相談して下さい。俺もみんなも、別に高岡さんのこと、避けてるわけじゃないですから……」

ドアの方に向かうと、「なんでそんなことを言う」速の声が追ってきた。立ち止まって速の方を見る。

「なんでって……別に」

「そんなに俺は落ちぶれて見えるか」

「いや、そう言うことじゃなくて――」

「お前の目には俺はそんな風に映っているのか」

次第に速の声のトーンが大きくなる。

「違いますよ」

陸もつい大声を上げた。

「どうしちゃったんですか高岡さん。なんでそんな風になったんですか。最初会った時はもっと堂々としてたじゃないですか。長谷部さんを助けたり、『雲乗疾飛の会』でみんなを引っ張ってたじゃないですか。今の高岡さんは全然高岡さんらしくないっスよ」

「全部お前のせいじゃないか……」

速が陸を睨んだ。

「俺の……」

速が椅子から立ち上がる。

「お前のせいだろ……」

痩せた顔にやたらと眼光だけがギラついている。速がゆっくりと近付いて来る。ゾンビみたいだと陸は思った。

「ちょっと高岡さん——」

あとずさる。しかし、速は近付くのをやめない。陸はさらに下がった。

「俺は努力してここにいる。パイロットになるため、全てを犠牲にしてここにいる。しかしお前は違う。大した努力もしないでここにいる。そんなお前にだけは負けるわけにはいかない」

陸の背中に壁が触れた。もう下がりようがない。

「だが、現実はこれだ」

速が手の平を広げた。そこにはくしゃくしゃに丸められた紙があった。陸にはそれがなんであるかすぐに分かった。再検定の指示書だ。

「俺にはもうあとがない。あと一度失敗すれば……終わりだ」

そんなところまで追い込まれているとは知らなかった。

「高岡さんなら出来るはずです……」

速が椅子を蹴った。椅子は机にぶつかって大きな音を立て、床に転がった。

「なんの努力もなしに、ただ親から貰った素質だけでここにいるお前が軽々しい口をきくな！」

どこにこんな力が残っていたのかと思うくらい、速の大声が壁を震わせた。

「俺……、素質だけでここにいるとは思ってません。長谷部さんに勉強を教わりました。菜緒に励ましてもらいました。光次郎からは戦闘機の性能のことを聞かされました。笹木さんにも」

つい口籠る。笹木から何を教わったか思い出せない。

「笹木さんにも色々お世話になりました。それに、俺、高岡さんに憧れてました。頭が良くてスポーツも出来て、どんなことをやっても優秀で……。そんな人と落ちこぼれの自分が唯一空を飛ぶことで繋がってるのが嬉しかったんです。それに高岡さん、俺が〝天神〟の話をした時、笑わずに聞いてくれました。そんな人、初めてだったから——」

「黙れ」

速が陸の胸倉を掴んだ。

「〝天神〟はお前をパイロットにはしたくない。お前には飛ぶ資格なんか無いんだからな」

首が圧迫される。陸は速の手首を掴んで必死に引き剝がそうとしたが、速の手はビクともしない。息が……出来ない……。

「俺は坂上護が十三年前にしたことを知ってる。あれは事故じゃない。お前の親父はこの浜松で機体トラブルに陥った学生を置き去りにして逃げた。T‐4はそのまま墜落し、民間人三人が巻き添えになった。パイロットにとって最も重要なこと、『最大多数の幸福』をお前の親父は踏みにじったんだ」

目の前が暗くなっていく。ダメだ、速の言葉がよく聞き取れない……。

その時誰かが飛び込んで来た気配がした。グシャッと何かが潰れるような音が聞こえ、速が床に吹っ飛んだ。

「ゲホッ、ゴホッ」

急に気道が開いて大量の空気を吸い込み、陸は膝を折って激しく咽《むせ》た。涙で目が霞む。薄っすらと見えたのは大松だった。

「大丈夫か」

返事が出来ない。だから頷いた。

大松が倒れ込んだ速に近付く。そして、怯える速の首根っこを掴んで上体を起こすのが見えた。

「お前が何を知ってる……。あの時の何を知ってる」

「防衛研究所の資料閲覧室で……当時の交信記録を……」

「交信記録にあるのは全てじゃない。真実は記録に無いところにあるんだ！」

ダメだ……。なんか目が回ってる……。陸の意識はそこで途切れた。

2

三日後、再検定の日がきた。これに落ちればあとがない。だが、気持ちが入らない。やってやろうという気にどうしてもなれない。部屋の中で何度か精神統一を試みたが、すぐにやめた。まるで身体のどこかが破れて、そこから張り詰めていた気持ちが抜けていったようだ。

あの日、速は陸に詰め寄った。自分でも驚くくらい感情が昂ぶり、気がつけば大松から殴られて床に倒れ込んでいた。あの時、自分に向けられた陸の目、そして大松が言った言葉が頭の中から消えない。いや、本当に消えないのは自分のしたことだ。上手く操縦出来ない苛立ちを他人のせいにし、我を忘れて口汚く罵った。二十四年の人生の中で、自分がもっとも軽蔑する人間になってしまった。最低じゃない。それ以下だと思った。

装具を身に付けてハンガーを歩く。もしかするとこれが最後になるかもしれない。空は一面鉛色の雲に覆われている。まるで自分の心の中を映し出しているようだ。ふと視線を感じて飛行隊庁舎の方を見ると、チャーリーが揃ってこっちを見ていた。その中にはもちろん陸の姿もある。速はすぐに視線を逸らして足早に機体へと向かった。

機体の周囲を回って翼や脚周りに異常がないかを調べていると、大松がこっちに向かって来るのが見えた。速は大松を迎えるように立つと、「よろしくお願いします」と一礼した。大松は黙って頷くと、自らも機体の周囲を回り始めた。

コクピットに座って大きく息を吐く。整備士がベルトをしっかりと固定していく。この整備士達は速のような学生を何人も見てきたのだろう。皆、軽はずみな励ましなどは一切口にせず、黙々と自分の仕事をこなした。

それは聡里も同じだった。再検定が決まった翌日、速はレンタカーを借りて聡里とドライブした。もちろん只のドライブじゃない。検定で飛ぶコースを車で走るのだ。ナビを使い、地上から一つ一つ目標物を確かめ、空との位置関係を頭に入れていく。これは自分の得意とする予習だ。備えていればある程度のことは対応出来る。何より気持ちが落ち着く。速が基地に戻るまで、聡里は一言も「頑張れ」とは言わなかった。信じてくれている。色々なものを失いかけている今、速には何より嬉しい励ましだった。

飛び立つとすぐに低層雲を抜けた。しかし、今日は生憎の曇り空、雲の層はどこまでも厚く、一向に視界が開けることはなかった。ほとんど地上が見えない。それでも速は地図でコースを確認しながら飛んだ。ドライブの時の情景を思い出しながら、一つ一つ、ポイントを通過していった。約二十分で自分の運命を決める再検定は終わった。

フライトルーム5に入り大松が現れるのを待った。飛ぶだけは飛んだ。離陸、コース取り、着陸。大きな失敗もしなかった。ゴツゴツと重い足音が廊下に響く。速は椅子から立ち上がると、ドアを開けて入ってきた大松に「よろしくお願いします」と声をかけた。

大松が向かい側に座った。真っ直ぐに速の目を見る。そしてはっきりと言った。

「課程免だ」

「優」とはいわない。「良」でもないかもしれない。しかし、陸地が見えない悪条件で一つの失敗もなく飛んだ。「可」は貰えると思っていた。

「なぜ……でしょうか」

自分でもびっくりするほど声が震えている。

「お前はパイロットに向いていない」

「分かりません……。きちんと納得出来る説明をしてください……」

「そんなものはない」

大松は微動だにしない。

「お前をパイロットにすればいつか必ずお前は死ぬ。俺がそう判断した。それが理由だ」

「そんな……」

バカな……。冗談じゃない。納得出来ない。拳を固く握り締める。爪が皮膚に食い込んでいくのも分からないくらい怒りが湧いた。

「教官はそんな理由で私の道を閉ざすのですか……」

「必要とあらばそうする」

「教官の判断には私心が入っているのではないですか……」

「なんの私心だ」

「先日のことです。教官は私のことを嫌っている。だからクビにした……」

そうだろう。そうに違いない。他に納得出来る理由がない。

「高岡、お前は何のためにパイロットを目指した」

「家族を——、国を守るためです」

大松を見て言った。

「違うな。お前が守りたいのは自分のプライドだ。そんな奴が空に上がれば必ず死ぬ。誰かを巻き添えにして」

大松はそう言い残すとフライトルームを出て行った。入ってきた時となんら変わることのない落ち着いた足取りで。

速は頭の中が真っ白になった。想像もつかないほどの激しい衝撃と深い海の底のような脱力感が身体の中を交互に走り抜ける。ポタリと机の上に水滴が落ちた。しばらくはそれが自分の涙だと気付かなかった。


その日の夕方、速は隊舎の二階、突き当たりの角部屋の前に立った。薄暗い廊下はヒンヤリと冷たく、今はブラボーもチャーリーも出払っているためにしんと静まり返っている。ドアを開けて部屋の中を見た。大きさはこれまで使っていたものとまったく同じだ。ただ、空気が沈んでいるように感じた。クビになったからといって直ちに基地を出ることにはならない。今後の身の振り方を決めなければならないからだ。それまでは基地に留まり、教官や上官と面接を重ねることになる。

いつ、誰がこの部屋を「ハートブレイク・ホテル」と呼ぶようになったのか、詳しい経緯は知らない。ここは課程免になった者が入る。なるべくフライトコースの者と顔を合わせなくて済むよう、最も離れた場所にある。私物の入った段ボール箱を床に置き、窓の方へ歩いた。埃《ほこり》にまみれたブラインドに指を差し入れ、隙間を作って外を見る。照明灯に照らされた滑走路がはっきりと見える。まるで嫌味のように……。速はすぐに指を戻すとベッドに座った。これからどれくらいここにいることになるか分からない。いや、それよりもこれから自分がどうすればいいのか分からない。ずっとパイロットになることだけを考えてきた。それ以外の道など考えたことすらなかった。

　母親に連絡をしなければいけない。聡里にもだ。クビになったと伝えたらなんと言うだろう。黙り込むかもしれない。泣くかもしれない。「お疲れ様」。淡々とそう言われるだけかもしれない。ダメだ。考えるのも面倒だ。速はベッドの上に寝転んだ。ふわりと埃が舞って饐《す》えた臭いがした。これまでに何人がこの臭いを嗅いだのだろう。敗者の臭い。そんなフレーズが頭を過《よぎ》る。

「お前もお終《しま》いだな……」

　目を閉じた。

　再び目を開けたのは足音が聞こえたからだ。部屋の中は真っ暗で何も見えない。速は一瞬自分がどこにいるのか分からなかった。そろそろと手探りをしながら立ち上がり、壁にあるスイッチを見つけた。部屋に灯りがともり一気に現実へと引き戻される。

　速はドアを開けた。薄暗い廊下には人影はなかった。代わりに床にトレイが置かれていた。チャーハンとスープとプリン。誰かが気を遣って食堂から持ってきたのだ。速はトレイをそのままにしてドアを閉めた。それが世界に対する精一杯の抵抗のような気がして……。

突然目の前から目標が消えて数日が経った。何もする気が起こらない。本を読む気にもなれず、かといってゲームなどの趣味もない。今更戦闘機のマニュアルを眺めるのも御免だ。トイレなど必要最低限のこと以外はずっと部屋の中で過ごした。廊下には相変わらず食事が置かれていたが、一切手は付けなかった。母親にも聡里にも電話はしていない。心配しているのは分かっていたが、頭の奥が重たくてそんな気にはなれなかった。このままこの部屋で朽ち果てるのも悪くない。そんな投げやりな考えさえ浮かんだ。

まだ、大松の言葉を思い出すと腹の底が熱くなる。煮えたぎるような気持ちになる。大松が自分をクビにしたのは間違いなく私心だ。大松は自分が陸を避けていたことを知っていた。それに、大松は陸の父親、坂上護と知り合いだ。自分が坂上護を罵ったことを根に持っていたに違いない。もしかしたら大松も十三年前の事故に関わっているのではないか。ふとそんな考えも頭を過った。そうかもしれない。だから、自分に詰め寄り、交信記録を読んだ自分をクビにしたのかもしれない。このことを団司令に訴え出たらどうなるか。そうすれば大松はお終いだ。逆にクビにすることが出来る。

速は人目を避けるようにして浜松基地の端にあるエアパークに足を運んだ。広い会場に所狭しと並んだ歴代の戦闘機には目もくれず、真っ直ぐに殉職パイロットの慰霊堂に入った。そして、十三年前にここで亡くなった一人の学生の名前を探した。

「あった……」

大理石には「杉崎日向《すぎさきひなた》1等空曹」と名前が刻まれていた。2曹ではなく1曹。殉職したら1階級特進するのだ。

あの時、本当は何があったのか。陸は父親のことを嫌っていた。大松は逆に庇うようなことを言った。

――真実は記録に無いところにある。

それが何を意味しているかは分からない。しかし、そこに何かがあることだけは確かだと感じる。近いうちに徹底的に調べてみようと決めて、速はエアパークの外に出た。

「ゴーッ」というジェット音が空から落ちて来る。レッドドルフィンが二機ずつ、編隊を組んで東の空へ飛んでいく。チャーリーだ。

〝天神〟はお前をパイロットにはしたくない。速はそのどれか一つに搭乗しているであろう陸に向かって思った。坂上陸、お前には空を飛ぶ資格なんかないんだ。

3

陸はエプロンに出るといつも以上に慎重に機体のチェックをした。モーニングレポートでは天候は一日を通して晴れ、風も3ノット以下、穏やかな一日となるとの報告を受けていた。普通に飛べば何も問題はない。だが、今日はいつもとは違う。ソロフライトでの編隊飛行が予定されていた。浜松基地での後期操縦課程。ソロフライト。そして編隊飛行。十三年前、事故が起きたのはこの組み合わせだった。

ブルーインパルスの隊長を務めていた護は、一年という期限付きで浜松基地で訓練教官をすることになった。事故が起こったと一報が入った夜は中々寝付けなかった。喉が渇いて布団を抜け出し、冷蔵庫の方へ歩いていた時、リビングからすすり泣く声が聞こえた。春香だった。次の日、知らない男が自宅の前にいた。学校に向かう陸に「君のお父さんをどう思う」と尋ねられた。側にはカメラを持った男もいた。とても嫌な感じがした。陸は「凄いパイロット」だと答えた。

やがて新聞に、事故は「不可抗力の末に起こった」ものだと発表された。九歳の陸にはそれがどんな意味なのかよく分からなかった。家族に聞くのもまずいような気がして、姉の辞書を持ち出して不可抗力という言葉を調べた。

【人間の力では防ぐことの出来ない外力】

人の力ではどうしようもないこと。父親の力を持ってしても、どうしようもなかったのだ。しかし、父親はそれ以来戦闘機に乗らなくなった。何度も理由を尋ねたが「もう辞めたんだ」としか答えてくれなかった。人間の力では防ぐことの出来ない外力。それなのに護は飛ぶことを辞めた。やがてその意味が分かるにつれ、あれほど憧れてた父親が急に色褪《いろあ》せて見えた。

――パイロットにとって最も重要なこと、「最大多数の幸福」をお前の親父は踏みにじったんだ。

薄れていく意識の中で聞いた、速の言葉。速は不可抗力ではない、本当のことを知っている。陸は何度か「ハートブレイク・ホテル」の前まで行った。しかし、どうしてもドアを叩く勇気が湧かなかった。だからいつも、廊下に食事を置いて引き返した。知ってますよ、高岡さん。あなたに言われるまでもなく。俺の親父は学生を見殺しにした最低の男です。でも俺は違いますよ。あんな親父とは。

「どうかしましたか」

長谷部が顔を覗き込んできた。

「何がですか」

惚《とぼ》ける。長谷部は軽く眉を上げると、「陸くん、よろしくお願いします」と頭を下げた。編隊は二機で行われる。相手はこの長谷部だ。

「芦屋の時と同じだから大丈夫。長谷部さん、自信持っていきましょう」

「昨日、妻に電話をしたんです。もうすぐ会えるからって。そしたら電話越しに嬉しそうな娘の声が聞こえました」

「あれ、空美ちゃんってまだ赤ちゃんだったんじゃ……」

「私には分かるんです。あれは『パパ、早く帰って来て』と言ってました」

親子ってそんなものなのかな。護も自分のことをそんな風に思っていた頃があるのだろうか。今では互いに何をしているのか全く分からないくらい距離が出来てしまったけれど。

「それじゃあ」と互いに軽く手を上げる。陸はコクピットに座るとエンジンを掛けた。轟々《ごうごう》とジェット燃料が燃え盛り、機体が振動する。自分の鼓動とＴ－４の鼓動が次第に連動していくのを感じる。

「長谷部、坂上、レディ？」

無線を通して大松の声が聞こえる。今日は大松が一緒に空に上がる。空中から陸と長谷部の編隊飛行の出来をチェックするのだ。

「レディ」

長谷部の声がした。迷いのない声だと思った。入校式の日、しどろもどろになって悔し涙を流した長谷部はもういない。

「レディ」

陸も明快に答えた。

浜松市内を東に向かって飛び、約二十分で訓練空域に着いた。気温マイナス19度。視界良好。薄雲の隙間からでも地上の山々がよく見える。これならばお互いの機体もキャノピー越しに送るハンドシグナルも確認しやすい。

「編隊、直線集合。右側につけ。進路220度、速度270ft」

リーダー機の長谷部から指示が入った。陸はその通りに機体を操り、長谷部の右後方に付く。

「ストレート・ジョイン・アップ、実施します。ナウ」

陸はゆっくりとうしろから接近を開始した。

「出力注意……。ちょい近過ぎか……」

ブツブツと独り言を繰り返しながら慎重に操作を続ける。

「長谷部さん、そのままそのまま……」

お互いの呼吸を合わせるように、陸の機体がピタリと長谷部の機体の隣に並んだ。

「よし。次だ」

大松の声。今日は拍子抜けするほどあっさりだ。いつもなら「何やってる！」とどやされて最初からやり直しになるはずなのに。陸はコクピット越しに親指を立てた。長谷部も親指を立てて見せた。ヘルメットを被っているから表情は分からない。でも、笑っているのは間違いなかった。

「何してる。さっさとやれ」

二機の左上付近を飛んでいる大松から急かされ、陸は長谷部から機体を遠ざけた。

「スプレッド、実施します。ナウ」

ストレート・ジョイン・アップが初級ならスプレッドは上級だ。ウイングマンはエンジンの出力を下げ、グライダー状態でリーダー機の下を潜り抜けなければならない。しかし、陸はこれが結構気に入っていた。まるで自分が凧《たこ》に乗っているように感じるからだ。長谷部の位置を頭に入れ、左から右へと一気に潜り抜ける。途中、リーダー機のお腹を眺めた。機体チェックの時に見るのとはまた全然違って見える。

「よし。リーダーとウイングマン、交替だ」

大松からチェンジの指示が下った。それは一発オーケーのサインだった。

長谷部はスプレッドに苦労したが、四度目でようやく「よし」のサインがきた。その後、愛知県の小牧基地上空を旋回し、再び浜松基地へと帰投するコースを取る。だが、あんなに晴れ渡っていた空が俄かに雲に覆われ始めていた。

「気象班、今日は一日晴れって言ってたのに……」

「今時流行りのゲリラ豪雨というやつでしょう」

進行方向にある大きな雲の塊の中には稲光が見える。それに伴うように機体に雨が打ち付けてきた。

「浜松管制に確認した。この先はずっと雲の中だ。これより計器飛行に入れ」

大松からの指示が飛ぶ。

「心配はいらん。訓練通りにやれば出来る」

確かに計器だけを頼りに操縦する計器飛行はこれまで何度も訓練して来た。今では夜間飛行だって出来る。突然の事態とはいえ、この程度では陸も長谷部も慌てふためくことのないくらい成長している。それより陸は別のことが気になっていた。

「大松教官」

陸が呼び掛ける。

「その……大丈夫ですか」

陸の左後方を飛ぶ大松機の様子がおかしいと感じていた。僅かではあるが、機体全体が右に傾きゆらゆらと揺らいでいるように見える。そしてさっきの大松の言葉。普通ならば計器飛行に「入る」というはずだ。しかし、大松は「入れ」と言った。それでピンときたのだ。

「右のエンジンがいかれてる。色々試してみたが浜松までは飛べそうにない。俺は小牧に引き返す。お前達はそのまま浜松へ向かえ。代わりの教官機がすぐに迎えに来る」

思った通りだった。しかもエンジントラブルとは非常事態だ。

「教官――」

「俺のことはいい。今は自分のことに集中しろ」

大松の声、まるで陸に言い聞かせているように感じた。大松が機体を反転させる。すぐに分厚い雲に隠れて見えなくなった。

予期せぬほどに急激に発達した積乱雲はやがてスーパーセル（雷雲群）となり、長谷部と陸に襲い掛かってきた。キャノピーを雨が激しく打ちつける。

「長谷部さん、俺に付いて来て下さい」

陸は目を凝らし、なんとか雲の層の薄いところを探して飛んだ。間違って積乱雲の中に突っ込めば機体は気流に巻き込まれてバラバラになってしまう。浜松基地までは直線でおよそ150㎞、普通ならば二十分で着く。しかし、今は発達した雲を避けながら飛ぶしかない。問題は残りの燃料だ。ここからではもうどこにもいけない。浜松に降りる他手段は無い。機体が激しく揺さぶられる。これまでも何度か雲の中を飛んだが、今体験しているのはその比ではなかった。

「乱気流に注意して」

言った途端に一気に700ｍほど高度が落ちた。座席にしっかりとベルトで固定されている身体がふわりと持ち上がり、尻の下に隙間が出来る。

「うわーっ！」

長谷部の叫び声が聞こえる。うしろを向いたが、長谷部の機体がどこにいるのか分からない。

「長谷部さん」

「陸くん、怖いです……」

それはこっちも同じだ。でも、怖さに負けてパニックを起こしたら空では最後、死に直結する。

「何ビビッてるんです。たかが嵐じゃないっスか」

陸はおどけた風を装った。

「なんなら唄でも歌いますか」

「私、唄はちょっと……」

知っている。さんざんカラオケボックスで聴かされたから。長谷部は音痴の類ではないが、無理やり高音を出そうとする癖があってとても耳障りなのだ。

「笹木くんと光次郎くんはどうなったでしょう」

長谷部は二人のことを気に掛けた。

「分かりません。でも、僕等よりは先に基地に向かったと思います。今頃、フライトルームでコーヒーでも飲んでるんじゃないですか。笹木さんは無理してブラック、光次郎はお子ちゃま仕様でミルクと砂糖たっぷり」

「ですね。じゃあ私は——」

長谷部の声がふいに途切れた。

「長谷部さん」

呼び掛ける。しかし、応答が無い。

「長谷部さん……、長谷部さん」

何度も呼び掛けた。しかし、一向に返事は返って来ない。嫌な予感がする。陸は僅かに速度を落とした。風と雨に激しく揺さぶられながら、懸命に辺りを巡らして長谷部の機体を探す。もちろんその間も何度となく名前を呼び掛け続けた。頭の中でさっきの会話を何度もリプレイしながら。

あの時、いきなり長谷部の声が途切れた。思い返せば、声が途切れる一瞬前、「パシッ」とノイズが入ったような気がする。となると原因は何だ……？　真っ先に頭に浮かんだのは被雷だ。突如、機体内に電気が走り抜け、電子機器をショートさせる現象。芦屋基地にいた頃、曇天の中を飛んだ時に前方に稲妻が見えた。その時、担当教官が教えてくれたのだ。無線は電気が走ったために途切れたと考えられる。だが、無線だけならまだいい。被雷はエンジンを停止させることもある。それどころか操縦者を失神させ、操縦不能に陥らせることだってある。

「浜松タワー、こちら12―C坂上」

陸は浜松の管制塔に呼び掛けた。

「12―C坂上、浜松タワー、ゴーアヘッド」

「エマージェンシー、長谷部機にトラブル発生。ポジション　マイルサウス、えーっと……、以降の交信は日本語でお願いします!」

「浜松タワー、ラジャー。状況を伝達せよ」

「無線交信中、突然音声が途切れました。何度呼び掛けても応答はありません。機体は雲が厚くてどこにいるか分かりません。そっちからも長谷部さんに呼び掛けてみて下さい」

「浜松タワー、了解。こちらからも呼び掛けてみる。12—C長谷部、浜松タワー、応答せよ」

「——」

「12—C長谷部、浜松タワー、応答せよ」

「——」

戦闘機と違って管制塔からの電波は強力だ。しかも無線周波数が幾つもある。もしかするとどれか一つでも引っ掛かってくれるかもしれない。

頼む……。長谷部さん、答えてくれ……。

「浜松タワー、12—C坂上。長谷部機からの応答は無い」

淡々とした管制官の声。事実だけを簡潔に伝える声。いつもは頼りになるその声が、今はやけに残酷に聞こえる。陸はマスクで覆われた唇を噛んだ。

「しかし、レーダーで機影は確認出来る」

実は最悪の事態が頭を過っていた。

「どこです！」

「坂上機の後方、八時の方角だ」

陸は弾かれたように八時の方向へ顔を向けた。だが、機影らしきものは何も見えない。見えるのは白、薄い灰色、薄い黒、濃い黒、何層にも混ざり合った雲だけだ。

「これより長谷部機を捜索します」

陸は外を見たまま右手で操縦桿を倒す。機体は思い通りの方向を向いた。絶対見つけてやる。目を凝らし、必死になって辺りを探す。しかし、次々と覆い被さる雲が邪魔をして思うように先が見えない。出来ることならこの手で払い除けたい。気持ちが焦る。

その時、チラリと雲間に黒い粒が見えた——ような気がした。もう一度見る。だが、見えたと思った黒い粒はどこにも無い。イチかバチか陸は機首をそっちに向けた。長谷部さん、迎えに来たよ。心の中で呼び掛ける。分厚い雲が一瞬途切れ、雲の向こうが見渡せるようになった。

今度ははっきりと機影が見えた。ジャンボじゃない。セスナでもヘリでもない。いつも乗っているレッドドルフィンと違って、今回長谷部が搭乗した機体は灰色がベースになっているドルフィンだ。それが雲に溶け込んで一層分かり難くしていた。だが、主翼、尾翼の先端にペイントされた派手なオレンジ色は紛れもない。ずっとカッコ悪いと思ってたけど、こんな時のためにペイントがあったんだ……。

「浜松タワー、こちら12―C坂上」

「浜松タワー、ゴーアヘッド」

「長谷部機を目視確認しました。これより接近します」

「浜松タワー、ラジャー。状況を知らせてくれ」

これは訓練の続きだ。陸は自分にそう言い聞かせ、長谷部の機体の右後方からストレート・ジョイン・アップの要領で近付いた。長谷部と呼吸を合わせるように出力を調整しながら、ゆっくりと隣に並んでいく。

「長谷部さん！」

再び呼び掛けた。だが何の応答もない。コクピットを見る。昼間はハンドシグナルまでクリアに見えていたのに、今は中の様子が何も分からない。ふいにドンドンと激しく機体が揺れた。長谷部に気を取られ過ぎて雲の塊が近付いていることに気付かなかった。操縦桿を摑み、必死に機体を安定させる。雲の中では時として自分の姿勢が分からなくなる。陸は計器を睨みながら雲が切れるのを待った。

抜けた途端、揺れが収まった。「ふっ」と小さな息を吐く。左を見た。長谷部機との距離は500mほど開いたが、しっかりと機体は確認出来た。もう一度接近を試みる。危険だがギリギリまで接近して長谷部の状態を確認しなければならない。ゆっくりゆっくり……。頭の中で呟きながら機体を寄せていく。教官から「異常接近だ」と怒鳴られる距離はとっくに過ぎている。しかし、まだコクピットの中は見えない。

「もうちょい……」

更に機体を寄せる。距離にして2m、手を伸ばせば翼に触れられそうだ。今、雲の塊に突っ込んでバランスを崩せば間違いなく接触する。そんな不安は押し殺した。長谷部のことだけを考えた。そこまで近付いてようやくコクピットの中が見えた。ヘルメットを被った頭がダラリと前方に垂れ下がっている。耐G訓練のビデオ映像でこの光景は何度も見たから分かる。失神しているのだ。それでも機体は飛んでいる。この悪天候の中でなんとか飛んでいられるのは奇跡だと思った。

「浜松タワー、こちら12―C坂上。パイロットは失神している模様。操縦席の中には薄く靄がかかっています。被雷したのかもしれません。これからの指示願います」

管制からの返答が遅れる。きっと対策を話し合っているのだろう。早く早く。気持ちが焦る。こうしている間にも状況が変化するかもしれない。ジリジリする時間が流れる。

ふと思った。どうやって長谷部さんを助けるんだろう？　最悪の場合ベイルアウト、緊急脱出して機体を捨てる。だがそれはパイロットの意識がある場合だ。今は違う。長谷部は失神している。自分でイジェクト（脱出）の作動スイッチは引けない。他にどんな救出方法があるのか、陸は知らない。さっきから少しずつ長谷部の乗った機体が下降しているように感じる。陸はコンソールパネルの中央にあるＡＩに目を向けた。目盛りは上がっても下がってもいない。自分の機体はほぼ水平を維持出来ている。もう一度長谷部の機体を見た。さっき見た時よりも機首の位置が下がっている。

「浜松タワー、こちら12―Ｃ坂上。長谷部機が下降を始めました」

「了解した。直ちに救難体制を取る」

「俺はどうすれば――」

「そのままだ。何もするな」

何もするなって……。胸の鼓動が早くなる。このまま何もしなければ、長谷部が機体もろとも墜落してしまうのは顕かだ。なんとかしたい。でもどうすればいい？　長谷部の機体はどんどん高度を落としていく。このままでは最低安全脱出可能高度、１０００ｆｔに達してしまう。その時、一つのアイディアが浮かんだ。速と編隊飛行を組んだ時、陸は速の機体の線上に入って猛烈なジェット後流に巻き込まれた。あの時、凄まじい振動に揺さぶられてキャノピーに頭や肩をぶつけた。ここであれをやったら……、もしかしたら長谷部さん、それで気が付くかも。

しかしそれは賭けだ。ジェット後流を浴びせ、もしも長谷部が気付かなければ、バランスを失った機体は一気に墜落する可能性がある。でも、もう迷っている時間はない。何もしなければ絶対に長谷部を救うことは出来ない。

「パイロットとして一番大切なこと、それは生きて地上に帰ること……」

陸は決めた。

「浜松タワー、こちら12―C坂上」

「12―C坂上、浜松タワー、ゴーアヘッド」

「これから長谷部さんを起こしにいきます」

「起こす？　おい、それはどういう意味だ」

「交信終了」

陸は無線のスイッチを切った。

いきますよ、長谷部さん。

「エルロンロール、実施します。ナウ」

陸の意志を受けて補助翼が動く。まるで神経と神経が繋がっているかのように、機体全体が陸のイメージで動き出す。音もなく獲物に急接近する鷲のように、機体を横に滑らせるようにして長谷部機に近付く。ゆっくりと降下していく長谷部機の位置を何度も振り向いて確認する。全体は見えないが右後方にいることは翼が見えることで分かる。

「〝天神〟……、どうか力を貸して下さい」

全く信心深くは無い。だが、自然と口をついて出た言葉。〝天神〟。その瞬間、不思議なくらい心の中が晴れた。

スロットルレバーを開けエンジン出力を上げる。

「起きろ——っ！」

陸は長谷部機の前に飛び出した。

12-C 長谷部一朗
私の宝物
一日に何度も声をかけてるくらい
大切な宝物。
私の妻と娘の空美(くみと読みます)です。

第七章　飛行機雲《ひこうきぐも》

1

突如サイレンの音が鳴り響いた。その時速はベッドの上で資料を読んでいた。

先日、浜松市内にある市立図書館に立ち寄り、十三年前の事故の報道が載った新聞を全てコピーした。事故調査委員会の検証や住民の目撃証言、そして亡くなった杉崎の家族の談話など、始めて知るものも多かった。

ベッドから飛び起きると窓に駆け寄った。指でブラインドを開く。全く気付かなかったが、いつの間にか外は激しい雨が降っていた。霞む先に滑走路が見える。消防車が動き出すのが見える。救難体制が敷かれようとしているのだ。

——事故。二文字が頭を過る。となると、チャーリーか。小一時間ほど前、エアパークからの帰り道で見た東の方へ飛ぶT－4を思い出す。胸がざわついた。しかし、速はベッドに戻ると再び資料に目を向けた。だが、胸のざわつきは一向に収まらず、益々激しくなっていく。

「くそっ」

速は部屋を飛び出すと、誰もいない廊下を走り抜けた。

第三十一教育飛行隊の建物に飛び込むとそのまま階段を駆け上がる。ここに来るのは久し振りだ。課程免を言い渡されたあと、やはりこの建物には入り辛かった。傘を差さずに走って来たから、全身から雫が飛び散って壁や床を濡らした。見つかったら間違いなく説教ものだ。だが、心がはやった。なぜか不安が大きくなっていく。

三階の突き当たりにある指揮所には既に廊下まで人が溢れていた。事故は想像以上に大きなものなのかも知れない。航空機事故というものは状況が刻々と変わる。それが一番把握出来るのは指揮所でのやり取りを聞くことだ。しかし、こう人がいたのでは中には入れない。それに、今は人混みを掻き分けていく勇気もない。

「速じゃないか」

吉村の声がした。すぐ側には大澤も真崎の姿も見える。吉村が「こっちだ」と手招きをする。すぐに身体が動かない。この期に及んでも躊躇《ちゅうちょ》する自分が情けなかった。

「坂上と長谷部が大変なことになってる」

やはり……。なぜかそんな気がしていた。速は吉村達のいる場所へ駆け込んだ。

「状況は？」

「俺達もちょっと前に来たから全部は把握してない」

「分かっていることだけでいい」

速は急かすように言った。何らかの原因で長谷部機がトラブルを起こした。長谷部は失神し、機体は降下しているのだという。

説明を聞きながら背筋に寒気が走った。似ている……。十二年前の事故、坂上陸の父、護の時と状況が酷似している。場所が浜松だということまで同じだ。運命。そんな言葉が頭の中に浮かぶ。

「教官は？　誰か一緒に飛んでるだろう」

「大松教官はエンジントラブルで小牧に引き返した……」

二重、三重の偶然が積み重なって事故は起こる。在り得ないということは在り得ない。パイロットは常にそのことを想定して飛ぶ。しかし、誰がこんな事態を想定出来るのか。

指揮所の無線機から管制官の大声が響いた。

「起こす？　おい、それはどういう意味だ。12―C坂上、おい、坂上！」

速は力任せに人混みを搔き分け始めた。睨まれようと文句を言われようと強引に周りを押し退け、指揮所の中に入って行く。そして、飛行隊長や指揮所幹部、教官達が集まっている無線機卓に近付いた。

「坂上はなんて言ったんですか」

「部外者は引っ込んでろ」

教官の一人が怒鳴る。しかし速は下がらない。もう一度、今度はゆっくりと尋ねた。

「坂上はなんて言ったんですか」

「これから長谷部さんを起こしにいきます……」

陸は何かするつもりだ。かつてこの浜松で起きたT－4の墜落事故。パイロットの失神、機体の降下、そして、それを救えなかった父親。その汚名を自分の手で晴らそうとしているのかもしれない。

指揮所幹部が何度も陸に呼び掛けている。しかし、返事は返って来ない。無線のスイッチを切ったのだ。集中するために。だが、一体何をするというんだ。空の上で何が出来るというんだ。「起こす」という行為が何をすることなのか、速にはまったく想像がつかない。陸が無線を切った今、記録に無い真実が動いている。陸は長谷部を救うために、懸命に何かを成そうとしている。

速は防衛研究所で見た交信記録を思い出した。あの交信記録の最後にはこんなやり取りが記されていた。

「浜松タワー、チェック35」

「ゴーアヘッド」

「……杉崎機が墜落した」

今度は息子がそれを言うのか……。

じりじりとした時間が過ぎる。呼び掛け続けているが陸からの応答は無い。速は壁に視線を向けた。そこには壁掛け時計がある。さっき見てからまだ二十秒も経っていない。壊れてるんじゃないのか。そう思いたくなる。だが、秒針は確かに時を刻んでいる。

「浜松タワー、こちら12―C坂上」

陸の声がスピーカーから溢れた。誰もが思わず息を呑んだ。速も一言も聞き逃すまいと意識を集中させる。

「長谷部さんの意識が戻りました」

歓声があちらこちらから上がる。誰かれ構わず笑い合う。指揮所の中の重苦しい空気が陸の一言でいっぺんに吹き飛んだ。意識が戻ればあとは機体を立て直して戻るだけだ。最悪の事態は免れた。誰もがそう思った。速を除いて……。

速は陸の声を聞いた瞬間、違和感を持った。長谷部が気が付いた。いつもならばあの屈託のない笑顔と同じように、弾けた声が溢れるはずだ。だが、そんな感じは一切なかった。

沈黙の時間に陸は何かをした。そして長谷部を起こすことに成功はした。なのに――、何なんだこの不安は……。

「長谷部機、どんどん降下しています」

「気が付いたんじゃないのか」

「そうです。コクピットの中で動く様子がはっきり見えます」

「なら――」

「エンジンが点火していません」

指揮所の中が再び凍りついた。

「くそっ、俺のせいだ。俺がジェット後流なんか浴びせたから、機首があんなに下がったんだ」

ジェット後流だと……。速はその瞬間、陸が何をしたのかはっきりと理解した。陸は自機のエンジンが起こす気流を長谷部機に浴びせ、その強烈な振動で長谷部を揺り起こそうとしたのだ。間違いなく、あの時の体験を思い出してのことだろう。「起こす」とはそういうことだったのか。

「長谷部さんが見える。何か叫んでる。ダメだ、操縦桿なんか離して。早くイジェクトして下さい！」

陸の叫びが指揮所中にこだまする。

「落ち着け。現在の高度は」

「１５００ｆｔ、１４５０ｆｔ、１４００ｆｔ、早くしないと脱出出来なくなる！　お願いします、誰か長谷部さんを助けて下さい！　お願いします！」

それは耳を塞ぎたくなるような叫びだった。無理だ。もう何も出来ない。父親と息子が遭遇するあまりにも残酷な運命。

「変われ」

震える指揮所幹部から川波《かわなみ》飛行隊長がマイクを奪い取った。

「坂上、川波だ。よく聞け。もうお前に出来ることは何もない。燃料も尽き掛けてる。あとは救難隊に任せて戻れ」

陸は答えない。

「これは命令だ。すぐにその場から離れて戻れ」

「イヤです……」

「坂上！」

「イヤです。このまま見捨てるなんて絶対にイヤです！」

「いい加減にしろ。お前まで落ちる！」

「長谷部さんには奥さんと空美ちゃんって名前の赤ちゃんがいるんです。この前も電話でもうすぐ帰るからって伝えたそうです」

陸の鼻をすする音が混じる。

「俺が今こうしていられるの、長谷部さんのおかげなんです。最初会った時、頼り無い人だなぁって思ったけど、でも、チャーリーのリーダーは長谷部さんしかいません。長谷部さん、俺達仲間ですもんね。これから先もずーっと仲間ですもんね。大丈夫っスよ、そんな顔しなくても。俺と地上に一緒に帰りましょう」

　そこで無線は切れた。

「坂上！」

　川波飛行隊長がマイクに向かって叫ぶ。

「バカヤロウ。パイロットとして一番大切なことは、生きて地上に帰ることだと教えてるだろうが！」

　仲間。なんて薄っぺらな言葉だ……。陸にそう言われる度、速はそう思ってきた。群れるのが嫌だった。他人と同じ場所に立つことが嫌だった。大勢の一人とみられるのが嫌だった。だが、陸が思う仲間とは巷《ちまた》に溢れた仲間とは違う。空という一度上がれば二度と生きて戻れないかもしれない場所。そこに集う者。命を預け合う同志。陸は速にも本気で語りかけていたのだ。

　今更そんなことに気付くなんて……。

「飛行隊長……」

　管制塔にいる管制官の震えるような声が無線機から漏れた。その時、誰もが思った。速もだ。長谷部の機影がレーダーから消えたのだと。もう何も聞きたくない。速はその場から立ち去ろうと無線機卓に背を向けた。

「レーダーに映ってる機影……コースが……変わりました。二機ともです」

二機とも？

「どういうことだ？」

川波飛行隊長が大声で無線機越しに管制官に問い掛ける。

「分かりません。このコース、海に向かってる……」

「海、だと……」

川波飛行隊長が呆然と呟く。

今、常識では在り得ないことが起きている。ベテランのパイロット達をもってしても、今起こっていることを説明出来ないくらいのことが。

確実に墜落していたはずの長谷部機はまだ飛んでいる。しかも、コースが変わっているのだ。エンジンが始動しない機体がどうやってコース変更をしたのか。

「〝天神〟だ……」

速が呟いた。聞こえたのだろう、川波飛行隊長が速を見た。

「防府にいた頃、坂上が話してくれたことがあるんです。空には〝天神〟がいる。戦時中、陸軍の航空隊操縦士だった坂上の祖父が空で必死になって闘っている時、〝天神〟が助けてくれたと言ったそうです。だから、自分は生きているんだと……」

「坂上に神が手を貸してくれてるとでもいうのか……」

果たしてそんなことがあるのか。分からない。ただ陸は今、必死で闘っている。長谷部の命を守ろうとして。そんな陸に天の神が手を差し伸べている。速にはそんな風に思えてならなかった。

2

降下しながら長谷部がこっちを見つめているのが分かった。バイザーを上げているからはっきりと表情が見えた。泣いているような笑っているような、そんな顔だった。その時、カッと身体が熱くなった。

陸は操縦桿を倒すと長谷部機から離れた。目測で距離を測り、再びエルロンロールで接近する。しかし、今度は横に並ばなかった。スプレッドの要領で長谷部機を潜るように下から回り込む。訓練で身につけた操縦法を全開にする。斜め上に長谷部機の尻が見える。そこから慎重に機体を上昇させていく。ゆっくりと確実に。コクピットの中に陸の呼吸音だけが響く。そしてついに自分の機体で長谷部機の翼を捉えた。

居酒屋てっしんで長谷部が急性アルコール中毒になった時、陸は長谷部の肩を支えて廊下を歩いた。なぜかあの時の光景が頭に浮かんだ。肩で身体を支えるように、翼で機体を下から支えてやることが出来れば墜落させずに済む。そう考えたのだ。出来るかどうかは分からない。ただ、そうしようと思った。

しかし、長谷部を見る余裕は陸にはなかった。支えた翼がミシミシと音を立てている。上から圧し掛かる力に翼がどれくらい耐えられるのか知らない。気を抜くと翼がロールして回転してしまう。全神経を操縦桿を持つ手に集中させる。慎重に機体を持ち上げていく。高度計が１２００ｆｔで止まっている。赤い針が動いた。ほんの僅かずつだが、針が右に動いていく。高度が上がって来た証拠だ。今ならイジェクト出来る。

だが、ここは市街地の真上だ。長谷部が機体を捨てたら長谷部の命は助かる。だが、主を失った機体は鉄の塊と化し、誰かの命を巻き込みながら燃え尽きるかもしれない。十三年前の事故では民間人三人が犠牲になった。その中には幼稚園児も含まれていた。確かに戦闘機は闘うために存在する。闘いの中で人の命を奪うことだってある。だが、本当は違う。戦闘機は大切な人を守るためにある。そのことを自分に気付かせてくれたのは速だ。でも、どうするかを決めるのは長谷部だ。長谷部が生きたいと望み、家族に会いたいと願い、イジェクトすることを自分に止める権利はない。

もう直ぐ雲が切れる。長谷部の顔がはっきりと見えるようになる。

長谷部さん……。

白い霞が二機の機体の間をすり抜け、視界が開けた。陸は左を向いた。見える。はっきりとコクピットの中が。長谷部が陸に向けてハンドシグナルを出していた。傾けた右手をゆっくりとカーブさせる。陸にはその意味がはっきりと分かった。コースを右に変更して海に出ようと伝えている。長谷部も同じことを考えていたのだ。

だがそれは、間違いなく自分の命を危うくする行為だ。飛行機が海に落ちてパイロットが助かる保障はない。長谷部が再び「行こう」と合図を出した。長谷部さんは俺を信じてくれている。それがたまらなく嬉しかった。陸は親指を立てた。もちろん「了解」の合図だ。

水平を保ったままコースを変えて遠州灘へと向かう。沿岸部は危険だし、油が漏れて漁業被害が出る可能性があるから、最低でも3㎞は離れたい。しかし、陸の残燃量は既に底を尽きかけている。長谷部機を支えたまま、あとどれくらい飛べるのか正確なところは分からない。姿勢は水平を保ったまま降下していく。雲間から見える眼下の景色がのっぺりとした紺色に変わった。海に出たのだ。

「浜松タワー、こちら12—C坂上」

「無事なのか」

川波飛行隊長の声がする。

「両機共に無事です」

「ワーッ」という歓声なのか拍手なのか分からない音が川波飛行隊長の声に混じった。

「遠州灘《えんしゅうなだ》に出ました。これより海上着水します。救助願います」

「お前に言いたいことは一つだ。迎えにいくまで絶対に生きていろ」

飛行隊長も自分を信じてくれている。信じているからこそ、「生きていろ」と言ったのだ。

ここまでやれたんだ。最後までやり通す。

船が見える。白い船、海保の巡視船かもしれない。青い煙突はおろか、レーダーのアンテナまではっきり確認出来た。もう海面は近い。

「行きますよ、長谷部さん」

合図を送る。長谷部も合図を返す。防府北基地に入校し、チャーリーとなって二年。長谷部とはずっと一緒の時間を過ごしてきた。風呂に入り、食事をし、同じ隊舎の部屋で眠った。訓練が進むにつれて絆はどんどん深まった。隊舎の屋上で、自転車に跨ってグラウンドで、そして編隊飛行で、何度も呼吸を合わせた。お互いのタイミングは知り尽くしている。

長谷部がレバーでフラップを下げる。陸も全く同じタイミングでフラップを下げた。制動が掛かる。操縦桿を引いた。長谷部機と自機の機首が上がる。もう波の形まではっきりと見える。

もう少し……。

その時、ここまで持《も》ち堪《こた》えてきたT－4の翼の根元に亀裂が入った。バリバリと金属が捲れる異様な音がする。海面まで10m。高さはないが、まだスピードは出ている。バランスを崩して海に突っ込めば大破は免れない。

陸は操縦桿を引き上げた。次の瞬間、長谷部機を支えていた左翼がもげた。しかし、もげる直前、二機の態勢がほんの僅か上向いた。ドスンと下から突き上げられる。着水した。波がキャノピーの上を駆け抜ける。凄まじい衝撃で身体が縦に、横に振り回される。自分がどうなっているのか分からない。

長谷部さんは――。

ふっと目の前が暗くなった。


陸はしばらく目を開けたままだった。身じろぎもせず、ただ天井を見つめる。白い壁に白い蛍光灯。それだけ。どんなに思い出そうとしてもここがどこだか分からない。遠くでガラガラと何かを引っ張るような音がする。耳を澄ましていると、「ご飯ですよ」と女の声が聞こえてきた。声はだんだん近くなり、やがてドアの開く音がした。そして、白い服を着た女が現れる。まだ若い感じだ。手には何かの液体の入った袋を持っている。

誰だ、この人……。思い出せない。グーッとお腹が鳴った。白い服を着た女が液体の入った袋を棹《さお》のようなものに吊るそうとして、こっちを見た。陸と目が合う。

「ご飯……」

言い掛けた途端、白い服を着た女が慌ててどこかに走り去った。

ここが病院だということがはっきり分かったのは、白衣を着た医師が目の前に立った時だ。陸は病室のベッドに横になったまま診察を受けた。医師からは自分がここに運ばれて三日間眠っていたこと。全身にひどい打撲があるが、レントゲン検査を行ったところ骨折箇所はなかったこと。ＭＲＩで脳の検査も行ったが、異常は見つからなかったことなどが告げられた。

「ただし、脳の場合はしばらくしてから症状が出る場合もあるからね」

淡々と恐ろしいことを告げられる。

「例えばどんな……」

「それはケース・バイ・ケース。例えば記憶障害とか」

記憶の一部は確かに欠けていた。着水する瞬間まではなんとなく覚えてはいるものの、それからあとの記憶がないのだ。そのことを説明すると、

「無理やり思い出そうとはしなさんな。何かの拍子にポッと出ることもあるから」

眼鏡の曇りを白衣で拭き取りながら医師は他人ごとのように言った。

「長谷部さんはどうしてますか」

一番気になっていたことを尋ねた。

「君よりも重傷だが、幸い命に別状はない。今、奥さんが赤ちゃんを連れてお見舞いに見えてるよ」

「やった……」

長谷部さん、奥さんと娘さんに会えたんだ。嬉しそうに笑っている長谷部の顔が浮かんで、ようやく肩の力が抜けた気がした。

診察のあと、ベッドに寝転んでうとうとしていたらノックの音で目が覚めた。

「はい」

声を掛けると、現れたのは大松だった。陸は慌ててベッドの上に上体を起こした。

「これ、置いとくぞ」

戸棚の上に紙袋を置く。見舞いの品ならもっと有り難味を持たせればいいのに。

大松は折り畳み式の椅子を引き寄せると、ベッドの側に座った。陸の方は見ず、黙って窓の外を眺めている。外は青空が広がっており、ほとんど風も無いのか、桜の木の枝も全然揺れていない。事故の起こった日の天気とはまるで別世界のようだ。

「なんと言っていいか分からない」

ポツリと言った。事故の時、一緒にいなかったことを指しているのだろう。あの時、大松の機体はエンジントラブルを起こして小牧基地に引き返した。だがそれは誰のせいでもない。ましてそのあとに起こったことを予測するなんて、それこそ不可抗力だ。

「みんな無事だったから結果オーライです」

大松は表情を変えず、黙って外を眺めたままだ。

「お茶でも飲みますか」

陸は返事も聞かずにベッドから降りた。大松が紙袋を置いた棚の中には、小さな湯沸かし器とパック入りのお茶が入っている。しゃがんでそれを取り出そうとした時、「坂上」と呼びかけられた。

「はい」

振り向くと、大松と視線が合った。

「お前、十三年前に坂上2等空佐が何をしたのか、知っていたのか」

親父がやったこと……。大松が何を言っているのか分からず陸は首を振った。

「いえ……」

「お前は長谷部を起こそうとしてジェット後流を浴びせた。それはかつて、坂上2等空佐がやったことと同じ方法だ」

「でも親父は――」

「お前も知っているだろう。ジェット後流に摑まれば激しい振動に襲われる。最悪の場合には操縦不能に陥ってしまう。……機体は急降下した。杉崎が正気に戻った時にはもう、脱出限界高度を割っていた……」

大松は一度言葉を切って顔をしかめた。

「その後、事故調に多数の目撃者の証言が寄せられた。一機の飛行機がもう一機の飛行機を置いて飛び去ったあと、墜落したとな。それは事実だ。現実にそうなった。しかし、坂上2等空佐にはあの方法しかなかったんだ。例えイチかバチかでも、杉崎を救うにはああするしかなかった……」

「じゃあ親父はどうしてパイロットを辞めたんですか……」

陸は立ち上がって大松を見下ろした。

「その話が本当なら、パイロットを辞める必要なんてないじゃないですか」

「俺だって止めた……」

絞り出すような声で大松は言った。

「あの人は責任感の強い人だ。たとえ不可抗力だったとしても、杉崎と民間人三人が亡くなったことを受け止め、飛ぶことを自ら戒められた。それが自分の出来る最低限の供養だと言ってな……」

「そんな……」

じゃあ自分は一体なんだったんだ。親父を恥じて、心の中で軽蔑して生きてきた自分は……。

「俺は百里《ひゃくり》にいた頃、坂上2等空佐に命を救われたことがある。俺が今あるのは全部あの人のおかげなんだ。だから俺は上層部に掛け合って、なんとか坂上2等空佐の気持ちを変えさせようとした。しかし、あの人はそれを許さなかった。それどころか、一言の言い訳もされず、黙って耐えてこられた。あれだけの輝かしい空歴を持った人にとって、空を飛べないことがどんなに耐え難いものだったか、凡人の俺には想像も出来ん……」

頭の中に物凄い勢いで父親のことが湧き上がってくる。戦闘機のオモチャで一緒にお風呂で遊んだこと、F－15のエンブレムが付いた帽子を被せられたこと、抱えられてそのままコクピットの中に座らされたこと、そして、電気も点けず、自分の部屋の机で背中を丸めていた時のこと。あの時、親父の背中は震えていた。でっかくて逞しい親父が小さくなっていた。

なんでだよ……。なんでちゃんとほんとのことを言ってくれなかったんだよ……。一言言ってくれたら俺は……、親父のことを嫌いにならないで済んだのに……。

本当は苦しかった。辛かった。哀しかった。母親伝いに陸がパイロットになることを反対していると聞いた時、あんたにだけは言われたくないと思った。それ以後、父親のことを心の底に封印した。いないものとして振舞おうと決めたのだ。

ポタポタと白い床に水滴が落ちて、小さな染みを作っていく。

「教官……、親父は……褒めてくれますかね……」

大松が頷く。

「俺には分かる。今回のことを一番喜んでいるのは坂上2等空佐だ」

もう、涙が止まらなくなった。大きくなってからはほとんど会話らしい会話をしたことが無い。叱られたことも褒められたこともない。もう、声すら忘れかけている。親父に会いたい。無性にそう思った。

「だが、俺はもう二度と会えない……。合わせる顔がない……」

「どういう意味ですか……」

涙を拭って尋ねる。

「お前は昨日付けで――課程免になった」

3

速は地下鉄に乗っていた。速の座った横長の座席には一番端に大学生らしき若い男が一人、向かいの座席には杖を握った老婆が二人と何の仕事なのか分からない派手な色のストッキングを履いた中年の女がいる。一つの車両にそれだけだ。ラッシュ時間ではないとはいえ、ちょっと人が少な過ぎる気がした。

車両のスピードが落ちる。アナウンスが流れた。

「妙音通《みょうおんどおり》、妙音通、左側のドアが開きます」

速は手帳を開いた。手帳には地図が挟まれている。赤い丸で囲んだ場所から赤いラインを延ばし、地図の上にサインペンで名古屋市瑞穂区甲山町二丁目―〇―〇　メゾンルノアール４０５号と書き込まれている。速は首を巡らして外を見た。ホームの標示板、次の駅名は「新瑞橋」だ。

改札を抜けて階段を上がり地上へ出る。何時の間にか雨が降り出しており、路上はしっとりと濡れていた。速のうしろから地上へ出て来たＯＬは手にしていた折り畳みの傘を差して歩き出した。雨とはな……。学生だった頃はこんなことはなかったが、今はもう気象班のブリーフィングを聞くこともない。速は駆け足で向かいのビルの下にあるコンビニに飛び込むと、店の入り口に置かれた棚からビニール傘を一本抜き取った。

住宅街を歩くこと十分強、目指すマンションまでは迷わずに辿り着いた。玄関口を抜け、設置されたオートロック式のインターフォンに部屋の番号を押す。暫くして女の声がした。

「はい」

向こうからはこっちの顔がカメラで見えている。速は軽く居住いを正すと自分の名前と階級を名乗った。そして浜松航空基地から来たと告げた時、相手が僅かに動揺するのを感じた。

「お待ち下さい」

次にインターフォン越しに声を掛けてきたのは男だった。

「どういうご用件でしょうか」

その物言いからは訝《いぶか》しむ気配がまざまざと出ている。

「どうしてもお伝えしたいことがありまして参りました」

数秒の沈黙が下りる。

「どうぞ」

声と同時にロックが解除され、大きなガラス張りの玄関のドアが開いた。

速は通されたリビングで姿勢を正して、突然伺ったことの非礼を詫《わ》びた。速の顔や服装、態度を見て少し安心したのか、夫婦は少しだけ緊張を解いたようだった。

「伝えたいこととはなんですか」

杉崎日向の父、赳夫《たけお》が尋ねた。髪は七三分け、歳の割には豊かだが真っ白に染まっている。

「直接ではないにせよ、息子さんにも関連したことです」

「関連？」

杉崎の母、沙智子《さちこ》がコーヒーをテーブルに載せ、赳夫の隣に座った。沙智子の髪は軽いパーマがかかっている。多分、染めているのだろう、電灯の灯りを受けて薄っすらと茶色に見える。

「五日前、浜松基地で航空機事故がありました」

沙智子が隣の赳夫を見た。

「知っています。ニュースで観ましたから」

応えたのは赳夫だ。

練習機二機が遠州灘に落ちたという報道は、トップニュースではないにせよ、それなりに大きく取り上げられていた。新聞の中には十三年前の事故を掘り起こして同様のケースとして報じるものもあった。二人とも想い出したくない過去に触れたことは容易に想像出来る。

「事故は被雷が原因でした。訓練を終えて帰投中、浜松上空に雷雲が発生して機体をショートさせ、操縦不能に陥りました。パイロットは感電のために失神し、一緒にいたもう一機のパイロットがなんとかして彼を助けようとし、奇跡的に二人とも生還いたしました」

「息子もその被雷が原因ではないかと言われました。詳しいことは最後まで分からなかったようですが」

赳夫は言葉を切ると速から目を逸らした。その視線を追うと、本棚の中段に行き当たった。そこには息子、杉崎1等空曹の写真が飾られていた。

「逝《い》ったのは21歳の時です……。あまりにも若かった……。今回と同じように、奇跡が起こっていればと今でも思う……」

沙智子が俯いた。肩が震えている。涙を堪えているのはすぐに分かった。

「実はあの時も、なんとか息子さんを助けようとしたのです」

赳夫が写真から視線を戻した。沙智子も速を見つめる。

「そんなはずはない！」

赳夫が大声を出した。

「いい加減なことを言うな。目撃者が沢山いるんだぞ。あの男は息子を置いて逃げた。何もせずに逃げたんだ」

「一見するとそういう風に見えます。でも、見捨てたのではありません。助けようとして取った行動だったのです」

「もう聞きたくない」

赳夫がソファから立ち上がった。

「今回の事故で当時何があったのか、本当のことが分かったのです。お願いします。私の話を最後まで聞いて下さい」

速は赳夫と沙智子に向かって深々と頭を下げた。

速は努めて冷静に、今回の事故の状況とかつての事故を比較しながら丁寧に説明した。その間、赳夫も沙智子も一言も口を挟まずに黙って速の話を聞いた。

「見捨てたんじゃなくて起こそうとした……」

「そうです」

趙夫はコーヒーカップを手に取った。しかし、震えて持ち上げることが出来ず、諦めて元に戻した。

「なぜそれを今、私達に……」

沙智子が尋ねた。

「私の同僚を助けて頂きたいからです」

趙夫と沙智子が怪訝な顔をした。

「助ける？」

「今回、奇跡を起こしたのは私の同僚です。彼は類稀《たぐいまれ》な操縦技術と強い仲間意識を持って、仲間の命を救うために行動しました。しかし、命令を無視した事実が重要視され、パイロットになるための資格を剝奪されました。このままでは父親と同じように、永遠に翼を失ってしまいます」

「今、なんと言った……」

「同僚の名は坂上陸。坂上2等空佐の息子です」

趙夫が呆然とする。なんと言っていいのか分からない。そんな感じに見えた。沙智子はずっと顔を覆ったままだ。速は黙って二人が落ち着くのを待った。

二人はずっと坂上護を心の底で恨んでいたはずだ。そんな二人に速は陸の嘆願を依頼しに来た。これは賭けだった。どっちに転ぶか分からない。いや、ほとんど勝ち目のない勝負かもしれない。そう思いつつ。

やがて赳夫が絞り出すように呟いた。

「父親と息子が同じ行動を取ったというのか……」

「はい」

二人はそのまま固まったように何も答えなかった。

陸が課程免になったことを知った時、しばらく声も出せなかった。いや、愕然《がくぜん》とした。陸は幾つもの奇跡を起こした。ジェット後流で長谷部を起こし、長谷部の機体を下から翼で支え、市街地への墜落を避けて海へ向かった。これは並大抵のことじゃない。いや、人間の仕業とは思えない。まさに神が宿ったとしか言いようがない。それだけのことをやったというのに、上層部は命令違反だけを重視して課程免を突き付けたのだ。自衛隊という組織において命令は絶対。それを無視したことはどんな理由があろうとも許されない、と。航空自衛隊とはこんなに紋切り型の組織だったのか。またしても信じていたものに裏切られたような気がした。

何か出来ないか……。

一人、この鬱屈した部屋の中で手立てを考えた。だが、一度決定されたことを覆すのは容易ではない。自衛隊という組織は巨大だ。巨大であればあるほど、意志決定機関は多岐に渡り、責任の所在も曖昧になっていく。そんな組織のウィークポイントは何か。その時、速の目に机の上に広げた紙の束が飛び込んできた。図書館でコピーした新聞……。

——世論だ。世論の声には異常なほど敏感になる。

そして、思い付いたのが杉崎家への訪問だった。もちろん難しいことは分かっていた。相手は何しろ大切な一人息子を失っているのだから。しかし、速は動いた。

名古屋から浜松基地へ戻るとすぐに隊舎に戻り、本や着替えをバッグに詰め込んだ。部屋の片付けなどはあっと言う間だ。元々荷物などほとんどない。ドアを開けてもう一度部屋の中を見回す。ここに来た時と同じように空っぽだ。

速は灯りを消してドアを閉めた。やるだけのことはやったのだ。

4

陸は事故から一週間後に退院した。全身の打撲、右足太ももの裂傷、同じく右足親指の骨折。長谷部は陸よりも受けた傷が多かったため、もう数日病院に留まることになっている。

長谷部のいる病室に先に基地に戻ることを告げに行った時、またしても大泣きされるはめになった。長谷部は陸が課程免になったと聞いてからほとんど泣き通しだった。

「陸くんがそうなるのはおかしいです。クビにするなら私をして下さい」

見舞いに訪れた大松に迫ったことは笹木や光次郎から聞かされていた。

「陸くん……、私は辛いです……」

長谷部はベッドの上で俯いた。

離れるより残される方が辛いのかもな……。陸はそんなことを思いつつ、いつもの晴れやかな笑顔を浮かべる。長谷部はそんな陸の顔を覗き込んだ。

「どうしてそんなに笑っていられるんですか……」

「パイロットになれないのは残念ですけど、自分のしたことに後悔はありませんから」

それは本心だ。長谷部を助けられた。そして、父親の真実を見出すことが出来た。

「陸くん……」

長谷部は再び「ウオーッ」と獣が咆哮《ほうこう》するみたいな声で泣き出した。あまりの壮絶な泣き方に看護師が何ごとかと飛び込んできた。

病院から浜松基地にはバスで向かった。退院するからといって誰かが迎えに来ているわけじゃない。腕時計を見る。午前九時五十分。笹木と光次郎はいつも通り、この空を飛んでいるだろう。もちろん菜緒もどこかの空を飛んでいる。菜緒には光次郎が伝えたそうだ。でも、事故のことはその前に知っていたらしい。

事故当日の様子は美保基地にも通報されていたようで、固唾を呑んで動向を見守っていたのだという。それどころか菜緒はＴ－４００練習機に搭乗して、すぐに救助に行くと大騒ぎを起こしたのだそうだ。

ほんと、菜緒らしい。課程免になったと聞いた時には、きっと防衛省に出向いて「大臣に直談判する」と喚いたに違いない。陸はそんな様子を勝手に想像して吹き出しそうになり、慌てて窓の外を見た。

浜松の街はどこにも変わった様子はない。車が行き交い、犬を連れて散歩をする人が舗道を歩き、お店の前には商品が並べられている。もしも自分と長谷部がこの街の中に墜落していたなら、この風景のどこかを深く傷付けてしまっていただろう。

「あんたも友達も、そして街の人も、みんな無事でよかった」

クビになったことを電話で伝えた時、春香はそう言った。そして最後にこう付け加えた。

「仲間を守り通したんだから胸を張りなさい」

ありがとう。母さん。きっとどこかで親父もそう思ってくれている。今ではそう思える。それが嬉しかった。

基地の正門を抜けて真っ直ぐに歩く。向かう先は第31教育飛行隊。四ヵ月前、着隊の挨拶をした時と同じように、今度は川波飛行隊長に退院の挨拶をするのだ。そして正式に操縦課程から外れたことを言い渡される。問題はそのあとだ。「ハートブレイク・ホテル」への引越し。そこには速がいる。なんて言われるかな……。今の所それだけが気掛かりだった。

「坂上」

声のする方を見ると菅原教官がこっちに走って来るのが見えた。

「色々ご迷惑をおかけしました」

「挨拶はあとだ。飛行隊長が教育集団司令官室でお呼びだぞ」

「司令官室……」

もしかして自衛隊もクビとか……。そんな予感が駆け巡る。

「早く行け。駆け足」

そんなこと言われてもふわふわして嘘みたいに足に力が入らない。

航空教育集団司令部。この建物だけは緑ではなくレンガ色だ。入り口にはスロープがあり、ポールの上には国旗がはためいている。いつもいる場所とは威圧感が全く違う。

溜息をつくと、玄関に足を踏み入れた。二階まで階段を一歩一歩上がり、赤い絨《じゅう》毯《たん》の敷かれた廊下の奥を目指す。そこが司令官のいる部屋だ。ドアの前に人がいる。最初は逆光で誰だか顔が分からなかったが、司令官室のドアに近付くにつれてはっきりした。立っているのは大松だった。大松は陸に頷くと、司令官室のドアをノックする。中から「入れ」と男の声がした。

ドアを開けて大松が一礼する。続けて陸も同じように一礼した。

「坂上2等空曹」

いきなり富士司令官に呼び掛けられた。

「こっちへ」

向かい合わせのソファの方へ来るよう手招きされる。見ると、富士司令官と川波飛行隊長のいるソファとテーブルを挟んで、向かい側に中年の夫婦が座っていた。

「失礼します」

陸がソファに近付く。夫婦が歩いて来る陸を見た。視線を感じる。文字通り食い入るように見つめられた。

「あなたが……」

婦人はそう言ったきり、ハンカチで目を押さえる。陸はこの状況が飲み込めずにただ呆然と突っ立ったままだ。

「こちらは以前、訓練中の事故で亡くなった杉崎1等空曹のご両親だ」

富士司令官の言葉に目を丸くした。

「親父が……教官をしていた時の……」

杉崎赳夫と沙智子が陸を見つめたまま頷いた。でも――どうしてそのご両親がここにいるのかが分からない。

「お二人はお前の嘆願に来られたんだ」

川波飛行隊長が言った。

「嘆願……」

「お前にもう一度、パイロットの訓練資格を与えて欲しいと仰られている」

全然訳が分からない。親父が救おうとして救えなかった学生の両親が、どうして自分の嘆願をするのか。恨まれるならまだ分かる。でも、助けようとするなんて……。

「どうして……」

ですかと最後まで言葉が出ない。それを受けて赳夫が口を開いた。

「先日、高岡さんという方が訪ねて来られてね。当時の真相、そして今回の事故とあなたがやったことを教えてくれました」

「高岡さんが……」

「私達夫婦はね、事故がおきて以来、本当に辛い思いで生きてきた。君のお父さんを恨む気持ちで生きながらえてきたといってもいい。ほんとうにとんでもない間違いをしていた……。申し訳ない」

赳夫が陸に向かって頭を下げた。

「そんな……」

沙智子が陸に向って手を伸ばす。小さな細い指がしっかりと陸の手を摑んだ。

「この手で守ったのね……。ありがとう。こんな晴れやかな気持ちにさせてくれて」

陸の手をゆっくりと撫でながら、沙智子の目から大粒の涙が零れた。

泣くなと必死に自分に言い聞かせたが、……無駄だった。陸は沙智子の手を握ったまま涙が溢れた。赳夫も泣いていた。ポタポタと革張りのソファに涙が零れる。陸は泣きながらあとでちゃんと掃除をしよう、そんなことを考えていた。


陸は後期操縦課程に復帰した。まさにその決定は特例だった。航空自衛隊の歴史の中で、一度課程免になった学生が再び戻ったことはない。

Gスーツを装着し、CADET帽を被り、陸は長谷部と共にハンガーに立つ。目の前にはT－4、灰色のドルフィンがある。これから卒業検定が始まる。天気は晴れ。風は4mから5m。雲は出ているが飛ぶことに支障はない。長谷部が腕を上げる。陸は何も言わず、その腕に自分の腕を軽くぶつけた。そのまま分かれて別々の機体に向かう。機体の外周りをチェックしてコクピットに乗り込んだ。

大松が歩いて来た。相変わらずの厳しい顔だ。

「よろしくお願いします」

座ったまま声を掛けると、

「容赦はせんぞ。何かあれば一発でピンクだ」

そんな言葉が返って来た。

分かってますよ。でも教官、俺は必ず突破します。そう、目で答えた。

エンジンをスタートさせる。全身が振動に包まれる。自分の身体が機械と同調していくのを感じる。長谷部とアイコンタクトを交わし、滑走路を滑りだす。陸が前、長谷部がうしろ。スピードがぐんぐん上がっていく。左右の景色は色が混ざり合ってはっきりしなくなる。操縦桿を引いた。途端、視界いっぱいに空が広がる。どこまでも妨げるものが無い、ひたすらの空。怖さも何も感じない。あるのは再び空を飛べたという喜びだけ。

雲海から光の筋が伸びている。一本、二本、三本……、あぁ、数え切れない。滅茶苦茶綺麗だ。こんな景色、地上からじゃ絶対に見ることが出来ない。空を飛ぶことが出来る者だけに与えられた特権だ。時に優しく、時に厳しく、空はパイロットに接する。多分、ライト兄弟が初めて空を飛んだ時から。サン・テグジュペリもリンドバーグもチャック・イェーガーが飛んだ時も。そしてこれから何十年経っても空の接し方は変わらないだろう。

高岡さん、俺はやっぱり空が好きです。もう一度ここに戻してくれてありがとう。

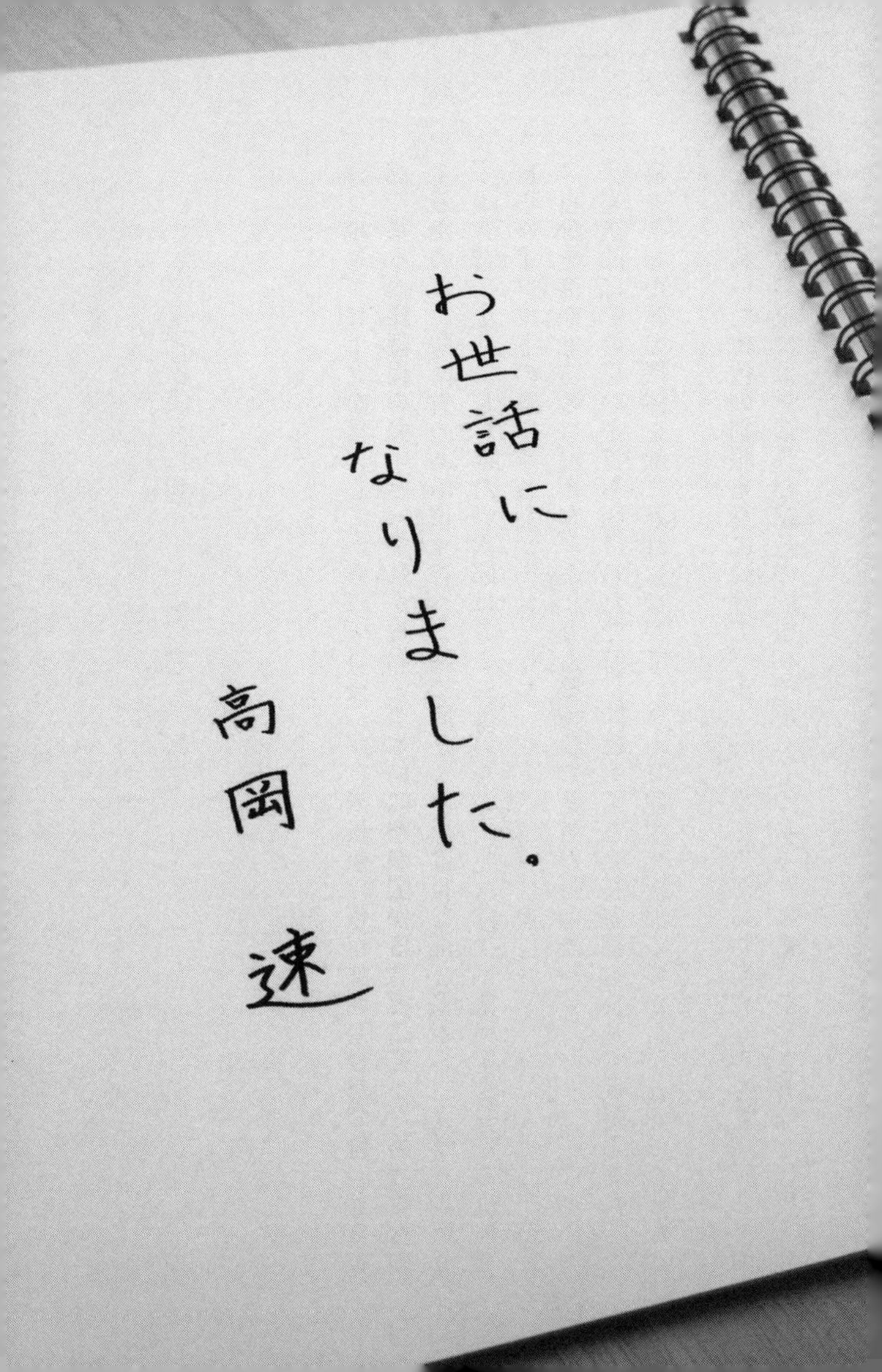
お世話に
なりました。
高岡 速

エピローグ

　ウイングマークを獲得してから二ヵ月後、陸は浜松から東京に向かった。航空幕僚監部に基本操縦課程の修了と、これから始まる本格的な戦闘操縦課程に進むための挨拶をするためだ。防衛省のある市ヶ谷《いちがや》へ一緒に向かったのは長谷部と笹木の二人。二年近く、ずっと苦楽を共にしてきた光次郎はここにはいない。光次郎は卒業検定を受ける直前、自らパイロットの道を離れた。

「自分を活かせるのはパイロットよりも整備員だと気が付いた」

　光次郎にその思いを打ち明けられた時、陸はもちろん長谷部も笹木も反対しなかった。喜々とした顔で機体を油まみれになっていじくり回す光次郎の姿が目に浮かぶようだった。

　糊《のり》の利いた紺色の制服を身につけて、市ヶ谷の交差点から防衛省庁舎を見上げる。四つの庁舎の上には見慣れた緑色の屋根、そびえ立つレーダー塔、ひっきりなしに出入りする人と車、まるで巨大な要塞のように感じる。

「デカイな……」

「ほんとに……」

三人はただその光景に圧倒され、しばしその場に立ち尽くした。

「なんやアンタらぼーっと突っ立って。もしかしてビビッてんのかいな」

突然、懐かしい声が辺りに響いた。こっちに向かって舗道を歩いて来る女性自衛官。人混みの中でも菜緒の笑顔は眩《まぶ》しく見えた。

四人は揃って航空幕僚長に対面した。いまや誰の左胸にも、日・月・星の宇宙をイメージした円形の玉を包むように、銀色に鈍く光る一羽の鷲が雄々しく翼を広げている。

「これからも一層励むように」

チャーリーとして入校した時の初々しい面影はもうそこにはない。日に焼けて逞しくなった顔を真っ直ぐに向け、陸は右手を掲げて敬礼した。

「これからどうすんねん」

報告が終わり、庁舎を出て正門の方へと続く坂道を下りながら菜緒が問いかけた。

「まだ帰りの新幹線までは時間があります」

長谷部が腕時計を見て時間を確かめる。

「ウチもや。どや、久し振りこれでも」

菜緒が両手でご飯を掻き込む仕草をした。

「俺はいい。ちょっと行きたいところがある」

一番前を行く笹木はうしろを振り返らずに答えると、どんどん坂道を下っていく。菜緒が笹木の襟を摑んだ。

「行きたいとこ？　どこや」

「どこだっていいだろ」

「それはチャーリーの絆より大事なもんか」

「離せって」

右手で菜緒の手を振りほどくと、「分かった行くよ！　その代わり、店は俺が決めるからな」と答えた。昔なら絶対こうはならなかった。やはり笹木も変わったのだ。陸はあらためて流れた月日のことを思った。

「陸、もちろんあんたもいくやろ」

「ゴメン。俺はちょっと……。長谷部さん、ホームで待ち合わせしましょう。じゃ」

「陸！」

陸はそのまま返事もせず、走って正門を駆け抜けた。

市ヶ谷から電車を乗り継ぎ横須賀へ。駅からタクシーに乗って目的の場所へようやく着いた。防衛大学校。陸は正門のゲートの前に立ち、ベージュ色の校舎に向かって真っ直ぐに伸びる道を見つめた。

ここに高岡さんがいる。

すぐにでも速にお礼が言いたかった。でも、陸が退院した時にはもう、速は浜松基地をあとにしていた。速が大学に戻ったことは大松から聞いた。

「何をしに……」

そう問いかけた陸に、「それは知らん。ただ、すべてを一からやり直すと言っていた」大松は答えた。

速は会ってくれるだろうか。ここに来る途中もそのことをずっと考えていた。

速と最後に言葉を交したのは浜松基地のフライトルーム5。鬼のような形相で首を絞められ、「お前には飛ぶ資格なんか無い」と言われた。その後、課程免になった速を何度か見掛けたが、結局声を掛けることは出来なかった。そんな速が自分を救ってくれたのだ。どうしてなのか分からないという気持ちと感謝の気持ちがない交ぜになったまま今日まで過ごしてきた。

――ダメだ。一歩が出ない。

立ち尽くしたままの陸をゲートに入る人々が不思議そうに眺めていく。

その時だ。

「……坂上か」

　ふいに背中から声をかけられた。もちろんその声の主が誰なのか、すぐに分かった。恐る恐る振り返ると、夕陽の中に紺色の制服姿の男がぼんやりと浮かんでいる。ピンと背筋を伸ばし、張り詰めた空気を身にまとって、真っ直ぐにこっちを見つめている。

　ダメだ、言葉が出てこない。会ったらこんな風に切り出そう。頭の中で何度も練習していたはずなのに……。

　高岡速がゆっくりと近付いて来る。

「髪、伸ばしたんですね……」

　またどうでもいいようなことが口を突いて出た。

「もう学生じゃないからな」

「今は何を……」

「要撃管制官になるための準備をしている」

　要撃管制官。陸にはそれが何なのかよく分からない。陸の顔を見てそれを察したのだろう。

「日本の空を監視し、戦闘機管制や指揮をとる部署だ」

　速が簡潔に説明した。

「なんか……高岡さんにぴったりの感じがします」

「皮肉か？」

「いえ」

陸は慌てて首を振った。

「あの……」

陸は左胸のウイングマークに触れた。

「空を飛ぶ資格を貰うことが出来たのは全部高岡さんのおかげです……。本当にありがとうございました」

速の視線がウイングマークに注がれる。どんな気持ちでこのバッジを見つめているのか。それを思うと緊張して手が震えた。

「勘違いするな」

「え……」

「俺が杉崎夫妻に会ったのはお前を助けるためじゃない。航空自衛隊の未来にとって、お前が必要だと思ったからだ」

「未来に……俺が……？」

「お前は天性のパイロットだ。だが、航空自衛隊にそんな人間は山ほどいる。しかし、それを超える存在となると限られる」

「なんの話ですか……」

「〝天神〟だ」

速は真っ直ぐに陸を見た。

「長谷部を助けた時、俺ははっきりと分かった。〝天神〟は存在するんじゃない。宿るんだ。坂上、あの時お前が〝天神〟になったんだ」

陸は呆然とした。そんなことってあるんだろうか。確かにあの時、〝天神〟に力を貸して欲しいと願った。そして、不思議なくらい心の中が晴れたのは覚えている。

「だが、どんなに凄いパイロットであっても、それを活かす者がいなければ輝かない」

「じゃあ、要撃管制官になるというのは……」

「この国を守るため、お前の力を最大限に運用し活用する」

そう言った速の顔、初めて会った時と同じ感じがした。あの揺ぎ無い高岡速に見えた。

「なんか、なんて言ったらいいのか分かりません……。でも、高岡さんがそう決めたのなら俺は応援します」

「応援などいらん。しかし、これだけは肝に銘じておけ。俺の命令を無視することは絶対に許さん」

速はそう言い残すと陸から離れ、ゲートの方へと歩き出した。

「なら――」

遠ざかる速の背中に呼び掛ける。

「俺の力が目一杯出せるような命令を出して下さい！」

速は立ち止まりもせず、振り向くこともなく、そのまま校舎に向かって歩いて行く。なんて自信たっぷりな歩き方なんだろうと陸は思った。

陸も速に背を向けた。いつの間にか自分の影が長く伸びている。空を見上げると、夕陽が白い雲を鮮やかな茜色《あかねいろ》に染めていた。青とは一味違う空の色だ。

うん。これも悪くない。

この作品は、集英社文庫のために書き下ろされました。

取材協力　井上　和彦
　防衛省　航空幕僚監部　広報室
　航空自衛隊　築城基地
　　　　　　　防府北基地
　　　　　　　芦屋基地
　　　　　　　浜松基地

本文デザイン　三村　漢

航空機写真提供　防衛省　航空幕僚監部　広報室

F-15 J/DJ
航空自衛隊の主力戦闘機。トップクラスの実力を誇る。
■乗員：1名　■全長：約19.4m　■最大速度：マッハ約2.5
■最大航続距離：約2,500nm（約4,600km）

救難ヘリコプター UH-60J
救難ヘリコプター。赤外線暗視装置の他、慣性航法装置を搭載。
■乗員：5名　■全長：15.65m　■最大速度：143kt（約265km/h）
■航続距離：約1,295km

T-4
中等練習機。信頼性、整備性に優れた純国産の航空機。
■乗員：2名　■全長：約13.0m
■最大速度：マッハ約0.9（約1,040km/h）
■最大航続距離：700nm（1,300km）

F-2 A/B
日米共同開発の戦闘機。推進向上型エンジン、最新レーダー搭載。
■乗員：1～2（教育訓練用）名　■全長：15.5m
■最大速度：マッハ約 2.0

巻末図録

航空自衛隊
主要装備

T-7
初等練習機。ターボプロップ・エンジン搭載。
■乗員：2名　■全長：8.59m
■最大巡航速度：203kt　■上限限度：25,000ft

集英社文庫

天《てん》　神《じん》

2013年3月25日　第1刷
2013年4月23日　第2刷

定価はカバーに表示してあります。

著　者　小森陽一《こもりよういち》

発行者　加藤　潤

発行所　株式会社　集英社
東京都千代田区一ツ橋2-5-10　〒101-8050
電話　03-3230-6095（編集）
03-3230-6393（販売）
03-3230-6080（読者係）

印　刷　中央精版印刷株式会社　株式会社美松堂

製　本　中央精版印刷株式会社

フォーマットデザイン　アリヤマデザインストア　　マークデザイン　居山浩二

ISBN978-4-08-745053-8 C0193